NO SILÊNCIO DE DEUS

Patrícia Reis

# NO SILÊNCIO DE DEUS

Romance

DOM QUIXOTE

Publicações Dom Quixote
Edíficio Arcis
Rua Ivone Silva, n.º6-2.º
1050-124 Lisboa • Portugal

Fotografia da autora: © Cláudio Garrudo

Este livro foi composto em Rongel,
fonte tipográfica desenhada por Mário Feliciano,

Revisão: D. Soares dos Reis
1.ª edição: Setembro de 2008
Paginação: Filipa Gregório | Rita Salgueiro | Atelier 004
Depósito legal n.º 280 121/08
Impressão e acabamento: Guide – Artes Gráficas, Lda.

ISBN: 978-972-20-3660-3

www.dquixote.pt

Para quem tem o meu coração

A pequenez do mundo

Era um almoço de trabalho. Nada mais. Ela e ele e um gravador, o barulho dos talheres, vozes ao fundo, talvez uma música a brincar com as memórias. No carro levava os livros dele, algumas edições antigas, o novo romance, coisas por dizer. Estacionou vinte minutos antes da hora combinada para ter a certeza de que o gravador estava a gravar; para se olhar no espelho, mínimo, na pala que protege do sol; para respirar fundo.

Quando entrou não percebeu de imediato o sítio onde ele se sentara. Estava escuro e havia demasiadas coisas penduradas no tecto, presuntos, maçarocas de milho, uma máquina de escrever em equilíbrio precário, capas de discos antigos, um chapéu de abas largas. Sorriu e o empregado indicou com a cabeça o lugar eleito pelo escritor. Fê-lo com um gesto de cabeça a denunciar um comportamento habitual e, na verdade, ao telefone tinha existido essa confidência.

*É um dos meus poisos. Come-se bem.*

O escritor levantou-se com lentidão, as mãos na mesa, a cabeça para baixo, num gesto preguiçoso ou esforçado. Ela não percebeu. Não se trocaram palavras, ele de volta à cadeira, ela a tirar a gabardina, o empregado solícito, a mala na cadeira do lado, o guardanapo, automático, a pousar no colo. Ele continuou de olhos para baixo, a brincar com a migalha de pão, uma bola nos dedos; às vezes observando os gestos dela, a forma como o corpo se mexia para se livrar da peça de roupa, as mãos brancas, as unhas vermelhas, uns brilhantes mínimos no dedo anelar, uma aliança moderna no polegar da mão esquerda. Por fim, frente a frente, houve ainda o tirar dos óculos escuros do alto da cabeça, arrumados ao lado do cinzeiro, a meio da mesa, e só então, olhos nos olhos, se enfrentaram. Ela pensou que deveria ser expedita, dizer olá, apresentar-se, o nome, o objectivo da entrevista, repetir as palavras ditas ao telefone, dissimular a sua admiração, mostrar um profissionalismo cheio de sabedoria. Ele considerou como o cabelo dela estava espetado atrás, a espreitar a orelha; como a face corada do lado esquerdo era mais rosada que a do lado direito, lembrou-se de um verso de um poema antigo e de uma rapariga. E com isto não disseram nada, esboçaram apenas um sorriso.

O empregado trouxe a lista, um cardápio emoldurado numa capa de madeira, pesado, castanho, a respirar seriedade. Os pratos do dia eram quatro e havia as especialidades. O escritor retirou os óculos para examinar a lista, murmurou qualquer coisa imperceptível, voltou a pôr os óculos e o empregado, ajeitando o cesto do pão num movimento de estética desnecessária, para se entreter, adiantou-se.

*Temos ainda, senhor doutor, o bacalhau, cozido ou na grelha, e uma abrótea muito fresca, de hoje mesmo. Pode ser cozida, com todos, ou então com a famosa maionese de toranja da Esperança.*

Ainda era cedo para o almoço. Pouco passava do meio-dia. A cozinheira, a que dominava a arte da maionese de toranja, espreitava por um buraco na parede, desses que os restaurantes têm, entre a sala e a cozinha, como uma fronteira, uma portagem de pratos e talheres, pedidos e reclamações. A cozinheira preparava-se: alguém à espera de uma ordem para iniciar a batalha. Era o primeiro pedido do dia. Quando o empregado se referiu à maionese, Esperança suspirou e os olhos reviraram de impaciência. Nisto a porta da rua abriu-se e os quatro, o escritor, ela, a cozinheira e o empregado ficaram a olhar, suspensos, a ver quem vinha interromper, quem se atrevia a almoçar tão cedo. Dois turistas rosados fizeram a sua entrada com uma mochila e duas máquinas fotográficas. Ele de chapéu, tipo panamá, ela com uma camisola de alças que denunciava o peito descaído. A cozinheira recolheu como uma tartaruga. O escritor disse

*Abrótea, não.*

Ela ficou à espera, examinando de forma discreta uma falha de verniz na unha, um ruído proveniente do estômago, fome, nervosismo, ansiedade. Considerou a forma brutal da negativa do escritor, a rejeição do peixe e, por consequência, o total desprezo pela maionese de toranja.

Lembrou-se da primeira vez que fizera maionese, tinha nove anos e a empregada lá de casa explicara-lhe que o óleo e o ovo pedem um pouco de mostarda.

*Claro que quando tiveres o Chico não podes fazer nada disto que a maionese fica deslaçada.*

*Quem é o Chico?*

Agora o empregado do restaurante tenta, num inglês risível, dizer que sim, almoços tipicamente portugueses.

*Fish and fresh fish too.*

Ela sorri perante a tentativa. Calculou que a primeira versão seria peixe congelado. O escritor admirou por momentos o sorriso dela, um sorriso torto.

*Ao telefone não me pareceu triste.*

*Eu?*

*Sim.*

Houve um momento de silêncio, uma pausa quase desconfortável porque ela não sabia como responder e ele não dizia mais nada, olhando ainda a lista. Depois, com uma voz grave, voz de quem sabe pedir, mandar, encomendar, o escritor optou pelo bacalhau no forno polvilhado com broa. Informou o empregado e houve outra vez qualquer coisa de autoritário na forma como falou. Ela recolheu-se na leitura do cardápio e, a meia-voz, foi lendo o conjunto das especialidades. Por fim, encarou o empregado, o homem que ficara a saber, sem que ela estivesse preparada para aquilo, da sua tristeza, da forma visível da sua tristeza. Sim, porque o empregado podia nem ter dado por nada, podia apenas considerar que ela era mais um almoço, de trabalho, de conquista, de galanteio. Ele devia ter tantos. O empregado podia até ter pensado, como ela por momentos, que era uma forma de principiar uma potencial conquista: um homem mais velho, famoso, a enaltecer a tristeza visível da jovem mulher. Nunca lhe teria ocorrido, claro, mas com os escritores a verborreia devia ser outra. E enquanto, indecisa, ponderava no peixe grelhado ou no caril de lulas, a jornalista cruzou as pernas debaixo da mesa, observada pelo escritor, por certo pelo empregado, consciente de que não fora um princípio auspicioso.

*Eu como o caril de lulas.*

*Boa escolha.*

Com esta sentença, o empregado afastou-se, já a alcançar outro cesto de pão e broa para satisfazer os turistas. O escritor mexeu no casaco pendurado nas costas da cadeira, retirou uma cigarreira de prata e daí o objecto do seu desejo imediato.

*Fuma?*

*Às vezes.*

*Não é, portanto, uma fumadora.*

*Tento evitar.*

*E consegue.*

Podia ser uma interrogação, mas ela entendeu que não o era e deixou-se estar a ver o lume a queimar a ponta do cigarro.

*Posso ligar o gravador?*

*Sim. É o que se espera, não é?*

Ela sorriu e ele admirou outra vez o sorriso torto. Lembrou-se de outra mulher.

Era um dia de Inverno, um dia de sol no meio do frio e ele percorrera as ruas da vila com vontade de correr. Chamou por ela, primeiro baixo, depois categórico e ela assomou à janela do quarto que dividia com a irmã. Houve um entendimento silencioso; ele conseguia vê-la prender o cabelo preto com um elástico, como fazia sempre que saía à rua, descer as escadas numa dança com os degraus, entrar na cozinha e anunciar a sua saída, para depois abrir a porta, ainda arrastada pelo sorriso, pronta para lhe pegar na mão. Para se deixar ser agarrada por ele. Não havia tempo entre eles. Era Dezembro, as férias prolongavam-se até ao primeiro de Janeiro e ele estava por conta dela. Antes de tudo apeteceu-lhe um café e, junto ao mercado, entre a loja para os turistas com chinelas cobertas de lã e casacos desenhados, ela viu-o beber, paciente, a mão na dele. Quando saíram alguém disse boa-tarde, alguém perguntou se iam à Torre. Seguiram de mão dada pela estrada até ao desvio de São Gabriel. Um cão cinzento espreitou-lhes os pés, sem maldade, apenas por excesso de atrevimento. Ela tinha uma camisola cor-de-rosa que lhe ficava bem à pele morena, um casaco grosso com bolsos fundos e aí, nesse escuro da roupa, escondiam os dedos, atados uns nos outros, protegidos do frio. Não falaram enquanto caminhavam; iam ver o rio, isso ambos sabiam. Era o sítio deles. O local sagrado do primeiro beijo, das mãos que se tocam mais longe, com o tempo, com o frio que permite relativizar o desejo. Desceram sem cuidados, a terra batida, a serra ao fundo com a moldura de neve, o som do rio.

*Tenho uma coisa para te dizer. Percebi ontem à noite que não tenho salvação, Deus não existe.*

*Manel, tu não digas essas coisas.*

Ela largou-lhe a mão, aflita, na sua crença, na sua vontade de seguir os preceitos dos pais, rodeada de tudo aquilo que lhe dava segurança e estabilidade: a ideia de um Deus salvador, também castigador caso se perdesse qualquer coerência de comportamento que nos devolvesse a indignidade de sermos apenas humanos; as orações nocturnas para espantar os maus ventos, os receios mais infantis; a impossibilidade de ter como certo o futuro risonho; o ritual de domingo, sempre em sintonia com a comunidade e com o mundo cristão, à mesma hora, em todas as igrejas católicas, a mesma leitura. Tudo isso a confortava, a tranquilizava. Não era preciso interrogar-se sobre nada, sobre o porquê das coisas.

Ainda tinha a lengalenga da avó a garantir que Deus dá e Deus tira, mas Deus é que sabe. Percebeu que namorava um rapaz que não encontrava sossego em nenhum ritual, que não compreendia o gosto dela pelo terço, ao fim da tarde, na marquise, com as pernas debaixo da camilha, a braseira a aquecer os pés e as palavras a correrem com as contas

*Ave Maria, cheia de Graça, Senhor é Convosco...*

Manuel queria que lhe explicasse quem escrevera a oração, o que quer dizer, qual o seu sentido concreto. Ela, sem preocupações, sem duvidar, no conforto da oração, a dizer que *cheia de Graça* significava a gravidez da Virgem, quando o Senhor estava dentro dela. E ele a teimar

*Mas quem escreveu a oração? A letra? Estás a ver? Alguém tem de escrever essas coisas.*

*Não sei, Manel, mas não faz mal, sossega-me.*

*Sossega-te? A ideia de que Jesus foi concebido sem pecado dá-te paz? Porquê? És contra o sexo?*

*Manel.*

Ele disse aquilo sobre a inexistência de Deus e ela largou-lhe a mão e começou a subir a colina. Havia uma beleza nessa fuga que ele admirou por instantes; e depois seguiu-a. Ofegantes, no topo da colina, o rio a cantar lá em baixo e a vila com a serra ao fundo, ele abraçou-a e pediu desculpa.

*Depois de ontem à noite tu dizes que Deus não existe. Manel, ontem eu vi a Deus como nunca vira. Vi-o nos teus olhos.*

Apertou-a com mais força, punindo-se pela sua maldade, escondendo os olhos brilhantes de água, agarrando-se ao seu corpo. Percebeu que tinha subido a colina atrás dela para que a pudesse salvar e que lhe tinha negado a existência de Deus para que ela o salvasse de si próprio. Em vez disso, era ele que pedia desculpa, que concordava, comovido com a ideia de que ela tivesse visto a Deus depois de terem feito amor pela primeira vez.

Nesse ano participou na procissão que antecede o Natal. Viu como ela cantava com as outras mulheres e como os homens acompanhavam, fumando cigarros que escondiam junto ao corpo, os braços estendidos como soldados. O frio era insuportável. Deus fazia-os sofrer mais um pouco antes de Cristo nascer.

No dia primeiro de Janeiro despediram-se sem gravidade, cientes de que o namoro acabara, ele rumo a Lisboa, ela a Coimbra. Ainda lhe disse que escreveria e ela sorriu, o mesmo sorriso torto.

Voltou a vê-la quinze anos depois no funeral da avó.

Crescida, uma mulher composta no seu traje de cidade, saltos altos e fato de saia e casaco, cabelos escorridos e argolas de ouro, ela a pegar-lhe na mão, a beijá-lo no rosto, apenas um beijo, e a frase a confirmar a sua eterna meninice

*Deus a guarde.*

*Podemos falar do prémio?*

*Sim, podemos falar do prémio, mas isso não é o mais importante.*

*Não ficou contente? Não estava à espera?*

*Vejamos...*

O escritor olhou-a com severidade e ela sentiu-se num regresso à escola, naquele minuto em que o professor de português a mandara para a rua porque ela cometera a heresia de maldizer Eça de Queiroz.

*Se houvesse cinema, o Eça teria sido realizador de cinema.*

*A menina ponha-se imediatamente na rua. Só diz disparates.*

Mas o escritor sorriu, suave e elegante, ainda com o cigarro entre os dedos magros.

*Quem escreve, escreve para os outros. Há esse reconhecimento que se deseja e espera, e nesse sentido, o prémio, este ou outro, é bem recebido. É um momento feliz, se quiser.*

*Não escreve, em primeira mão, para agradar a si mesmo?*

O escritor suspirou. Os turistas riam-se com alarvidade e o empregado empenhava-se em compor os pratos junto ao buraco da cozinha, sob o olhar atento da cozinheira. Ela pensou no despropósito da pergunta, indigna do exercício de inteligência de que sabia ser capaz. Manteve o silêncio, certa de não poder retirar as palavras, apagá-las como num balão de banda desenhada.

*Sim, escrevo para mim, mas não tenho a vaidade e a presunção de achar que não quero que me leiam. Estou-me nas tintas. Mas apenas relativamente.*

*Como assim?*

*Bom, não sei porque falamos disto. Eu tenho fama de ter mau feitio. Eu tenho mau feitio. As pessoas acham que escrevo para me satisfazer, como uma masturbação. Depois o que escrevo pode, ou não, comover leitores e críticos, pessoas que compõem júris dentro e fora do país. O que interessa aqui é que se não me lerem, não vivo. Preciso de escrever para que me leiam, para que possa ganhar dinheiro.*

*É assim tão simples?*

*Simples?*

Foi o regresso do desconforto. Outra vez.

Pensou que não haveria hipótese de colocar a conversa no eixo correcto; imaginou uma das fúrias lendárias do premiado apenas por ter sido estúpida e desastrada, quando se sabia inteligente e esclarecida, rápida e provocadora. Era um dos seus trunfos. A rapidez, sobretudo. A ideia de que não se deixava deslumbrar. Que era incorruptível, sóbria, perspicaz.

Agora sentia-se pequena e descabida, estranha e intermitente, como se estivesse estragada, um fusível fora do lugar. Lembrou-se de uma entrevista com Sean Connery, o actor do sotaque, o símbolo do masculino por excelência.

Era o *plateau* do filme *A Casa da Rússia*. O actor chegara no dia anterior. Lisboa tinha aquela luz branca, um filtro de verdade que ao fim do dia redunda num cor-de-rosa quase infantil. Ela esperara mais de duas horas numa tenda efémera. Não era uma entrevista em exclusivo porque o actor acedera a falar para um canal de televisão, mas era a entrevista para a imprensa escrita e era dela. Por mérito, simplesmente. Tinha sido dela a ideia de entrevistar o mítico James Bond. Na redacção ninguém acreditara que essa possibilidade fosse real e, com o paternalismo típico de tantas situações do seu dia-a-dia, disseram-lhe

Patrícia Reis

para tentar, para mandar o fax à produtora. Ela fora persistente, simpática, encantadora, e o responsável pelas relações públicas da produtora acabara por ceder.

*15 minutes, that's all you get.*

*That's enough. Thanks.*

E assim, ela esperara na tenda, bebera café, água, Coca-Cola, nesta esta ordem, mordiscara o lábio e arrancara um espigão da unha do anelar esquerdo. Quando Sean Connery entrou na tenda, por fim, ela nem deu por isso. Estava a espreitar o encarte de um jornal, coisa sem importância, deixado por ali, sem destino. Ele falou com o seu sotaque famoso e ela saltou na cadeira de lona branca.

*Don't be so nervous.*

Mortificou-se com a reprimenda, com o paternalismo que parecia estar em todo o lado, como um vírus que ataca. Conseguiu fazer três perguntas sem brilho, ficou a olhar para o homem de meia-idade, tido como o mais sexy do mundo, e viu o que todos os outros viam, o enorme poder do carisma. Foi a única vez que se permitiu o deslumbramento. O furo não era a entrevista. O furo era ter conseguido a entrevista. O furo era ser considerada na redacção do jornal como alguém, depois daquele feito, e andar com a sua carreira para a frente.

No restaurante típico na zona de Belém percebeu algo naquele personagem que ultrapassava o carisma do agente secreto dos grandes ecrãs, algo que inviabilizava a sua inteligência: a forma como ele olhava, o comentário sobre a tristeza dela, toda a postura corporal do homem que parecia minguar por um momento para depois se agigantar. Era desestabilizador. O suspiro de resignação dele fê-la pensar que não tinha caído nas suas boas graças e depois, irritada, considerou que não tinha de cair em nada, de bom ou de mau. Tinha de ser profissional. Nada mais. Era só uma entrevista, um almoço de trabalho, não tardaria a terminar. Dispôs-se a um exercício disciplinado de concentração. Olhou-o directamente. Ele sorriu.

*Não era nada disto, pois não? Tinha pensado que um almoço comigo seria uma batalha verbal. Eu não falo muito. Escrevo muito e muitas vezes para o lixo, mas tenho dificuldade nas conversas. Quando acedi a falar consigo quase que o fiz como um castigo, mais para si do que para mim, repare.*

*Tem essa maldade premeditada?*

*Sim, a maldade é uma das minhas especialidades.*

*Porque diz isso?*

A pergunta tinha surgido de rajada. Ele lamentou o seu acesso de sinceridade. Aceitara o almoço porque ela fora tão insistente. Por brincadeira. Porque pensou que tinha de almoçar e que ia divertir-se a ver como ela sobreviveria ao silêncio e aos monossílabos. Que idade teria a rapariga do sorriso torto? Talvez trinta, talvez um pouco mais. Queria saber da maldade dele. Do peso incaracterístico de se saber capaz de provocar sofrimento.

O mal existe em nós desde sempre. Seria uma resposta possível. O mal pratica-se em mim desde criança. Outra opção. Poderia ainda falar-lhe da maldade do pai; da perversidade da mãe. O retrato que se espera de um escritor, alguém que se deixa cair nos tormentos do passado. Sorriu. Para si, apenas.

Anos antes tentara a psicanálise. Era um escritor apagado, professor universitário, tradutor. As revistas não lhe telefonavam, as jornalistas não diziam o seu nome com sons de familiaridade para comprovar os bons contactos, o status inerente ao convívio. Ainda se lembrava do começo.

O empregado chegou com o bacalhau e com o caril de lulas, tudo a fumegar. Houve uma pausa. Ela observou os turistas por instantes, ele preparou o bacalhau, retirou espinhas e o excesso de broa. Sentiu-se generoso.

*Já fez psicanálise?*

Ela ponderou a pergunta, na potencial armadilha. Decidiu mentir. Decidiu não lhe dar a satisfação de a saber em dúvida, em falta, em carência e todos os outros cenários clássicos de quem procura ajuda profissional. Ele brincou com o garfo. Sorriu outra vez.

A sala de espera do psicanalista estava na penumbra. Livros espalhados, nada de revistas. O som da música clássica irritava-o. Sentou-se no sofá vermelho-escuro e aguardou. Do lado esquerdo um cacto olhava-o com interesse, descaído na sua direcção como se o interrogasse.

*É a sua primeira vez?*

E ele que sim, ele a olhar para o cacto sem história, com a areia visivelmente seca, a sobreviver àquilo tudo, à música clássica (o ódio imenso ao Debussy), os livros inúteis de poesia, a falta de água. O cacto podia ser o seu confessor. Seria original. Ele sentado a olhar à procura do contacto visual, da confirmação e da solidariedade e o cacto mudo, para ali, talvez de costas. Quem sabe onde teria os olhos.

A porta abriu-se sem ruído e o homem, sessenta anos, mais ou menos, pêra e cabelo grisalhos, calças de bombazina, casaco de outro tempo, a cheirar a tabaco, com caspa nos ombros, fez-lhe um gesto para que se aproximasse, para que entrasse. Não se despediu do cacto. Teve vergonha desse último olhar. O Debussy calara-se.

*O que o traz por cá?*

Nessa altura, Manuel considerou o enorme, gigantesco erro de tudo aquilo. Sentiu-se desconfortável.

O telefone tocou, uma, duas, três vezes e eles ali em silêncio. Disparou um gravador e o psicanalista fez um gesto com a mão, a pedir desculpa; a pedir para ignorar tudo aquilo.

*Bom, vim cá porque... não sei porquê. Porque a minha mulher mo pediu.*

*A sua mulher?*

*Sim. Ela acha que tenho problemas de exteriorização de sentimentos. Porque não lhe digo que é bonita dez vezes por dia. Deve ser por isso.*

*E ela é bonita?*

*Muito. Mas não se cala, faz planos, trata de tudo, organiza e desorganiza a pedido. Tem sempre mil pessoas à sua volta. Não suporta o silêncio e o silêncio é tudo o que preciso para escrever. Porque só quero escrever, percebe?*

*Escrever sobre o quê?*

*Escrever sobre a maldade, sobre as coisas de todos os dias.*

*E isso é importante porque...*

*Porque é uma forma de sobreviver.*

A escrita como necessidade fisiológica, um excremento do cérebro, um fluído interior que passamos aos outros sem riscos. Apenas com o risco da menoridade. Melhor do que a doença, melhor do que o sexo, portanto. O psicanalista perguntou pela importância do sexo e Manuel decidiu ali, quando adivinhou a palavra nos lábios do outro, que a verdade não chegaria para se reinventar. E o que era a verdade? Era aquele momento na fotografia do casamento quando todos encaravam a objectiva e ele acendera um cigarro, distraído, o corpo virado para o lado oposto; a sua mulher, de branco, magra como um cepo, a sorrir como que num insulto? Ou seria quando num ataque de fome, depois de uma visita inglória ao frigorífico, tinha feito com que ele desprezasse a morte do sogro?

*Bom, agora que já está enterrado, podemos comer?*

O olhar dela. Tinha sido algo para o qual as palavras nunca seriam suficientes. Manuel percebeu a sua brutalidade; não disse nada. Ela enfiara-se na casa de banho. Ele continuara com fome.

A verdade podia ainda ser outra coisa: o riso dela numa tarde, uma cama enorme num hotel de cinco estrelas, e ele a imitar o Frank Sinatra bêbado num filme que ela adorava. Ou uma cena de berros cujo início ele não entendera. A verdade. Pedaços de coisas, milímetros da vida pelo tempo fora, desregulados, imprecisos.

Manuel visitou o psicanalista durante seis meses todas as semanas. Nunca lhe disse que a mulher morrera subitamente, um cancro fulminante. Nunca lhe disse que só conseguia dormir com a luz do corredor acesa. Que a morte dela lhe permitira escrever, por fim. E que ainda mantinha as duas almofadas na cama. Quando arranjava uma mulher, qualquer mulher, despia-a no sofá.

Nunca na cama; nunca no quarto.

Era uma verdade como outra qualquer.

Ela sentia uma enorme vontade de ir à casa de banho. Era o meio da refeição e não podia ir, mas sabia que não conseguiria pensar em mais nada. Precisava mesmo de ir à casa de banho. O escritor prosseguiu com o bacalhau, lento e paciente com as espinhas.

*As suas lulas?*

*Como?*

*As lulas estão boas?*

*Sim. Obrigada.*

*Quando era mais novo ia à pesca.*

*No seu livro novo há um pescador.*

*Sim, um homem que chora o mar, porque está velho e não vai pescar. Fica apenas a ver o mar. É triste.*

*Mas bonito.*

*A beleza não tem qualquer interesse.*

*Acha?*

*Não acho, sei. Se você não fosse bela não teria sucesso, e se fosse feia e tivesse sucesso era porque era bestial no que fazia. Assim, nunca saberemos.*

*É uma perspectiva.*

*Perspectiva? Diga-me então que não faz diferença, a sua beleza.*

*Para mim não faz diferença.*

*Não pensará assim daqui a uns anos.*

*Nunca o julguei paternal.*

*Sou pai, logo posso ser paternal.*

*E o seu filho gosta? Do seu paternalismo?*

*Eu não falo com o meu filho.*

*Desculpe.*

*A culpa não é sua. Não me peça desculpa. Irrita-me.*

*Desculpe.*

Ela levantou-se, o garfo caiu do prato e por instantes o escritor acreditou que estava tudo acabado.

Ela seguiu para a casa de banho, uma porta verde de madeira com a figura de uma mulher num azulejo de mau gosto. Sentada na sanita agarrou a cabeça com as mãos e murmurou

*Que estúpida, que estúpida.*

À mesa, o escritor parou para considerar a ida dela à casa de banho, a última troca de palavras, a imagem que lhe restava do filho. Murmurou

*Não vale a pena.*

O pai correu atrás dela e as gargalhadas irritaram a mãe e isso ela nunca perdoou.

*Vocês os dois estão insuportáveis.*

Pararam então à espera que a mãe os deixasse, mas ela ficou ali a olhá-los como quem espera qualquer coisa, como quem diz

*Desculpem, também quero rir e não consigo, também quero correr e não sou capaz.*

O pai pegou nela ao colo e com o dedo indicador travou as palavras; fez um gesto que era só dele. O indicador suavemente sobre os lábios, a fechá-los para aquele momento.

Era a imagem mais querida que tinha do pai. Ele a correr atrás dela.

Não era um pai comum. Era um artista plástico disfarçado de arquitecto, que gostava de passear pelos cemitérios das terras que visitava. Gostava de ver as estátuas, as letras desenhadas, os anjos danificados pelo tempo, os florões, as imagens esbatidas nas molduras desenhadas

Maria Teresa
1923-1967
Mulher amantíssima

João Moura Bicho
1911-1978
Eterna saudade

E outras coisas assim.

O pai explicava a sua teoria: o cemitério encerra a história específica da cidade. É como um desenho da memória, uma construção entre muros que, mais do que homenagear a morte, é uma diminuição da realidade.

*Está aqui tudo. Os judeus que eram proscritos, os novos cristãos, a nobreza e os mais pobres. Cada cemitério é isso, camadas de pessoas, conhecidos e desconhecidos, que viveram o seu tempo, um tempo diferente, e estão aqui, debaixo destas lápides para nos lembrar que também nós seremos, um dia, comida para as larvas, debaixo da terra, longe da luz.*

O pai, um poeta, um artista.
A mãe, uma perdida, uma tristeza.

*Anda, Sarinha, senta-te comigo a ver a chuva. Pesa-me tudo. Hoje, tudo me pesa.*

Então o mundo dividia-se em dois registos: o da criatividade imensa de olhar o mundo como um grande puzzle – pistas que alguém deixara por descobrir –, momentos de riso e de descontracção, guloseimas em forma de coração; e a melancolia dos olhos marejados de lágrimas, os suspiros, o silêncio, os pés a ranger no soalho e a provocar dores de cabeça e ataques de irritação. Sara crescera assim. A rir num segundo; a interromper o riso. Como uma mímica de palhaço, a mão cobre o rosto e para cima os lábios rasgam-se, a mão desce em direcção ao peito e a infelicidade está na seriedade do rosto, na imobilidade dos músculos.

Lembra-se dessa fatalidade da beleza.

*Que linda que ela é.*

*Ela, a Sarinha. A beleza ajuda-nos a crescer.*

*Não chores, não chores, filha, já passou. Não chores que ficas feia.*

E depois é uma marca, um estigma. Se se for bonita basta sorrir. Mesmo se não soubermos a tabuada dos sete na ponta da língua, qualquer erro é perdoável. Porque se é um regalo para a vista, porque a nossa beleza reconforta

41

a miséria alheia. Porque somos cobiçadas. Isto até uma certa idade. Depois a beleza transforma-se num castigo e para Sara isso aconteceu quando tinha doze anos.

No atelier do pai, estiradores inclinados junto a janelas amplas, vista privilegiada para o rio Tejo, as casas cresciam em papel. Um prédio para escritórios, uma piscina municipal, uma ponte, uma igreja no norte com porta à dimensão de Deus mas sem janelas porque a fé já é iluminação suficiente. O pai falava ao telefone, de um lado para o outro, as mãos a puxar o cabelo para trás alternadamente, como uma dança, telefone na mão esquerda, cabelo penteado com a mão direita; telefone na mão direita, cabelo penteado com a mão esquerda. Sara andou por ali sem graça, a sentir que estava a mais, a pedir ao tempo para andar mais depressa, a imaginar um gelado na Avenida da Igreja, uma conchanata cheia de molho de morango, três bolas muito bem dispostas num prato desenhado. O arquitecto do colete castanho perguntou se ela queria água ou sumo e ela fez que sim com a cabeça. Sentiu a mão dele no ombro a encaminhá-la para a cozinha, ao fundo, uma mini-cozinha com porta de correr. O pai ao telefone. Na cozinha o arquitecto disse-lhe

*És tão bonita.*

Passou-lhe a mão pelos seios a despontar; pôs-se de joelhos e subiu-lhe a saia. Ela ficou imóvel. Sentia-se vermelha e com vontade de urinar. Ele tirou-lhe as cuecas. Ficaram ali abandonadas no chão entre as pernas, junto aos sapatos de atacadores. Lambeu-a durante um bocado. Ela ouvia o pai ao telefone. As mãos ao longo do corpo. O arquitecto levantou-se, sem deixar de olhar para ela, como um gato, a sorrir. Abriu a braguilha e tirou o pénis para fora. Ela viu uma gota no pénis erecto. Não quis olhar, mas viu. Ele vestiu-lhe as cuecas, ajeitou--lhe a saia, aproximou o rosto do dela como se a fosse beijar e depois afastou-se.

*Vai. Vai ter com o teu pai.*

Ter a beleza que os outros admiram deixou de ser motivo de sorriso embaraçado. Tudo na sua cabeça se empilhava, a ideia do corpo, o pénis dele a verter líquido transparente, a língua húmida, a vontade de gritar, o mais absoluto silêncio. Decidiu nesse dia que seria sempre mais.

Porque nunca teria coragem para gritar.

*Ia-me contar do seu filho.*

*Não, não ia.*

*Porquê?*

*Porque não interessa para a sua entrevista. Deixe-se estar sossegada que eu já lhe digo uma baboseira para o gravador e tem a sua missão cumprida. Eu sou muito bom a dizer coisas para os jornalistas destacarem com letras mais gordas.*

*Não me interessam as suas baboseiras. Conte-me do seu filho.*

Manuel reconhecia no tom dela o desafio e o desprendimento. De repente, ela já não o olhava como a grande figura da literatura, o homem do momento, o que se deslocaria ao estrangeiro representando o melhor do país. Tudo, ao mesmo tempo, tinha mudado. Ela não sorria. Olhava-o fixamente e ele percebeu que era uma especialidade conseguir olhar assim. Invejou-lhe isso.

*Se eu lhe contar não pode escrever.*

Sara desligou o gravador, arrumou os talheres como que a definir o seu compromisso.

*Quando ele morrer, pode escrever à vontade. Ele, o Rodrigo, deve ter a sua idade. Trinta?*

*Trinta e dois.*

*Pois, ele tem trinta. É um rapaz que tem uma memória estranha.*

Rodrigo nasceu numa sexta-feira treze. Chovia. A cidade era castigada com um vento de norte, forte e incómodo. Manuel olhava para as árvores lá fora a dançar, a ameaçar tombar, via as pessoas a saírem do carro com pressa, os guarda-chuvas ineficazes, a chuva a martelar no vidro da janela da maternidade. Ainda hoje, Manuel acha que aquele vento o afastou do amor do filho. Porque quando lhe pegava ao colo ele berrava e berrava sempre que lhe pegou até aos três anos de idade; então desistiu de lhe pegar. Não foi o facto de ser filho único que o abrigou nas pregas quentes da mãe e o impediu de conviver com o pai. Rodrigo olhava para Manuel como que para um estranho, sem perceber o seu papel, a sua utilidade. Era próximo da mãe e da empregada, de resto era calado por opção e teimosia, como uma arrogância suplementar. Tinha boas notas na escola. Tomava banho todos os dias e fazia as outras coisas das crianças, mas não saltava para o colo do pai, não gostava de futebol, não o admirava, não o imitava. Manuel sentiu-se, cedo, fora da equação.

A mulher acudia a qualquer desejo do Rodrigo antecipadamente, o que fez com que a adolescência chegasse sem que ele soubesse lidar com a rejeição. Antes de todos os amigos e colegas, o Rodrigo teve um telemóvel, uma moto, o computador.

Quando a mulher adoeceu, Manuel foi o primeiro a saber. No deslumbramento do sentimento perfeito, da ligação ideal, Rodrigo foi o último. Quando deu por isso a mãe tinha quarenta e cinco quilos; era um fantasma de si próprio, era outra pessoa, a pele amarela, os olhos a fugir para dentro, as mãos sossegadas sem força. Rodrigo levou a mal a doença, o ter percebido tarde. Saiu de casa. Antes, porém, culpou o pai, gritou com o Manuel.

*É para ver o que lhe fizeste. É para ver como tu agora és um grande escritor à conta da desgraçada.*

Manuel não percebeu. Não tinha como. Para ele, a mulher era como o seu prolongamento, o pão à refeição, o outro chinelo, o conforto da sopa sem batata como ele apreciava. Não conversavam muito, é certo, mas dormiam encostados um ao outro, instintivamente, sem se tocarem, apenas os corpos encaixados, como duas peças gémeas. Foi assim durante vinte anos. Ela acusava-o de não tomar iniciativas; de comer nos mesmos restaurantes; sempre o mesmo prato; de ter três pares de sapatos iguais, como se essa facilidade material de não pensar nas coisas, tê-las apenas ao seu jeito, o deixasse num purgatório de criatividade conjugal. Para ele o mundo só começava a mexer-se quando se sentava ao computador, em frente ao bloco quadriculado onde escrevia sem pensar. Aí tomava todas as iniciativas, era um escritor empreendedor, ágil na formulação das frases, na pontuação, com uma elegância enorme de vocabulário que não tinha numa conversa.

Ela coleccionava os recortes de jornais e revistas onde ele aparecia; qualquer referência era arquivada, um marcador amarelo indicava o órgão de comunicação social, a data, o autor. Tinha ainda uma série de cassetes de vídeo antigas com as primeiras entrevistas nas televisões. Era uma groupie. O seu amor expressava-se nessa ideia de colecção, de preservação. Antes de ser famoso, ela fê-lo famoso com seus dossiers arrumadinhos, uma fotocópia da capa do livro, as primeiras críticas, as cintas das edições esgotadas.

Era um trabalho feito em silêncio, longe de Rodrigo. Manuel nunca percebeu como, mas a mulher conseguia ter dois mundos na mesma casa: aquele que partilhava em silêncio com ele; e um outro, animado e barulhento, de quem conta histórias e ouve com atenção um miúdo a crescer. Ela dizia

*Tu não ouves, mas se conseguisses ias ouvi-lo crescer. Eu oiço. Cada centímetro a mais faz um som diferente.*

Às vezes saíam. Rodrigo ficava com a vizinha, a mesma que passou seis meses a perguntar se era preciso alguma coisa, se o podia substituir à cabeceira da mulher. E ele que não, obrigado, estava tudo bem, era esperar.

*Deus leva os melhores, não é?*

Manuel não sabia nada de Deus, consentia apenas por cansaço, por incapacidade de discutir teologia. Colocava os sacos do supermercado no chão, junto à porta, enquanto procurava pelas chaves e pensava no disparate de tudo aquilo. Na solidão de tudo aquilo. Era ela quem o consolava do fundo da cama, cada vez mais criança, cada vez mais pequena. Esteve para lhe dizer que conseguia ouvi-la sumir-se, ele que não ouvia o filho, mas que estava ali a vê-la ir embora.

*Rodrigo não aguentaria nada disto. Tu não o culpes. Ele tem ciúmes teus e não compreende os teus livros. Nunca os lê. No fundo, tem o teu feitio, Manel.*

E isto devia colocar as coisas no sítio certo; ele então

devia compreender porque o filho pródigo não vinha ver a mãe morrer. Tinham o mesmo feitio, mas ele é que ali estava a ver a sopa a escorrer pelo lábio, a cheirar a merda que ela não controlava, as noites de gemidos como se estivesse numa enfermaria de velhos. Passou a dormir na cadeira. Rodrigo não telefonava, parecia não saber de nada, como se a mãe já tivesse morrido. A vizinha disse-lhe depois, na cremação, que o menino telefonava várias vezes por dia, uma voz sumida, triste, a saber se a mãe tinha recuperado.

*Mas ainda não morreu, pois não?*

*Pois não. Quando for eu aviso. Porque não vem visitá-la?*

*Eu não posso, não posso.*

Na última noite de vida da sua mulher fazia muito calor. Era Julho. Não se podia ligar o ar condicionado porque ela se queixava que o barulho do aparelho a fazia vomitar. Não se podia abrir as janelas por causa dos mosquitos. Não se podia. Era como estar preso numa caixa de coisas doces a apodrecer. Era um sufoco. Nessa noite, ela disse

*Está quase, quase.*

E ele não acreditou, adormeceu.

Com a primeira luz acordou para a sua morte.

Ela não era ninguém. Chamava-se Ana Luísa. Um nome sem história. Ele, o homem que estava já impresso na história da grande literatura, era alguém que chorava e que dizia e dizia e dizia

*Nunca mais lhe falo, nunca mais lhe falo, nunca mais lhe falo.*

Sara esteve para propor tréguas, mas o empregado chegou com o tal cardápio pesado. Era doce de leite, arroz-doce ou doce de abóbora com nozes. Um excesso. O escritor apertou a cigarreira e agitou a cabeça, recusando tudo. Saboreou o cigarro com lentidão.

Do outro lado do restaurante, os turistas pagavam a conta, assinavam o papelinho do cartão de crédito, contavam as moedas para deixar de gorjeta, colocavam as mochilas nos ombros, acondicionavam as máquinas fotográficas e, em sorrisos e salamaleques, abandonavam o restaurante. Por momentos ficaram nesse silêncio de estarem sós e quando o tempo parecia estar suspenso a porta abriu-se e um grupo de homens engravatados entrou numa algaraviada sobre futebol. Sara sorriu.

*Gosta de futebol ou de bancários?*

*Nem uma coisa, nem outra.*

*Parecia. Sorriu.*

*Eu gosto de sorrir.*

*É uma arma, o sorriso.*

*Porquê?*

*Porque o seu sorriso é torto. Sabia disso? E o facto de ser torto confere-lhe humanidade, caso contrário seria um rosto per- feito e fora da realidade. Não teria qualquer interesse.*

*Acha que tenho, portanto, interesse?*

*O seu sorriso é interessante.*

Sara voltou a sorrir com consciência desse lapso facial, um ligeiro desvio para o lado esquerdo. Considerou o pouco que tinha conseguido reunir para a entrevista. Olhou-o com calma e fixamente.

*Vamos fazer a entrevista?*

*Pensei que isto era a entrevista.*

*Não posso escrever nada do que me disse.*

*Ah, vamos então às banalidades.*

*Os seus livros não são banais.*

*Quem diz? Você? O prémio?*

*Todos nós.*

*Isso é reconfortante.*

*Não gosta de ser reconhecido? Disse há pouco que escreve para fazer dos outros leitores.*

*Eu não disse isso.*

*Disse.*

*Bom... escrevo por incapacidade de integração no mundo. Fica bem assim? Se escrever, enquanto escrevo, estou dentro de um mundo cujas regras são estabelecidas por mim. Depende de mim todo o sofrimento e alegria e o fim é-me ditado pela história, e quando isso termina é terrível porque é como morrer.*

*Tem de construir um mundo novo... Tem a angústia do novo livro?*

*Não, tenho o pavor da solidão de não estar a escrever.*

*Escrever é como ter um grupo de amigos. As suas personagens...*

*Tudo isto é ridículo. Eu escrevo porque preciso e enquanto escrevo não tenho de interagir no mundo, e isso é um sossego enorme porque eu já tive desgaste suficiente.*

*Vamos falar da guerra.*

*Para quê?*

*Porque é central na sua vida, não é?*

*Na minha vida é, nos livros nem por isso. Nunca fui o tipo de escritor de chafurdar nas memórias do período colonialista. Deixo isso para os melancólicos. Eu não sofro de melancolia.*

*Sofre de quê?*

*De vida. Sofro de vida. Escrevo sobre pessoas e situações extremas porque é aí que se vê o melhor das pessoas. Não é preciso qualquer guerra para nos pormos à prova, é só preciso estar vivo.*

*O seu livro novo é sobre isso? Sobre o mal que conseguimos imaginar para nós?*

*Sim, cada um de nós tem o gatilho da arma de destruição dentro de si.*

*É uma ideia horrível.*

*Horrível é pensar que vivemos em paz.*

*O mundo não está em paz.*

*Sabe como chamam a Jesus Cristo? O Príncipe da paz. Os católicos crêem que construiu a paz...*

*Deixo-vos a minha paz, dou-vos a minha paz.*

*Vejo que vai à missa. Bravo. Ser-se católico é como ser accionista da empresa mais antiga do mundo.*

*Eu não sou católica.*

*É judia, portanto.*

*Teve uma formação católica?*

*Sim, como os demais, mas depois estive no Partido Comunista, é preciso não esquecer, e aí o catolicismo perde-se.*

*Podemos falar de política?*

*O que é falar de política? A política está em tudo. É tudo.*

*Realpolitik?*

*Se quiser.*

Antes do 25 de Abril ser comunista era mais do que um caminho; era a única opção. Manuel entrou na reunião de célula com as cautelas de um cigarro por acender, olhando para o chão, a mão no bolso à cata de lume, os sapatos a precisar de graxa, compreendeu então. Havia a nuvem do tabaco e uns copos na mesa. O Eduardo, barba de três dias, olheiras cinzentas, um fio de voz rouca, deu ordem para se começarem os trabalhos. Eram sete professores universitários e o Eduardo, cuja profissão se desconhecia. Era ele quem mandava, era ele quem entregava os panfletos que os professores distribuíam. Era ele quem acendia cigarro atrás de cigarro, cigarros fortes sem filtro que faziam parte do seu corpo.

Manuel mantinha-se calado, no seu canto, examinando os sapatos por engraxar. Preferia o silêncio por comodismo. Não sabia o que dizer. Distribuía os panfletos e ia às reuniões, mas não se sabia comunista. Sabia-se contra o regime.

Ouvia as histórias de tortura, e sempre que passava os panfletos – chegou a fazê-lo entre as folhas de exames

– o seu coração pulsava com mais força, tornando evidente a sua precariedade física. Ele ouvia o coração estremecer no peito; sentia o suor nas mãos. O medo tornava-se uma realidade. Tão real quanto a polícia secreta. Os interrogatórios. A possibilidade de tortura. Manuel costumava ter fantasias com potenciais diálogos com um potencial torturador.

*Não lhe digo nada.*

*Isso é o que tu pensas.*

*Não lhe digo nada.*

*Tu és um escritor, tens uma alma sensível e, vais ver, o corpo também.*

*Não lhe digo nada.*

*Estás a ver estas fitas adesivas? São para prender as pálpebras dos teus olhos.*

*Não lhe digo nada.*

*Depois esta luz fica acesa e tu queres dormir e não consegues.*

*Não lhe digo nada.*

*Os escritores são como os artistas, não achas? Uns fracos.*

*Não lhe digo nada.*

O diálogo tinha algumas variações, mas na essência era disto que tratava: Manuel estóico, borrado de medo, contudo firme e convicto. O torturador cínico e falador, na conveniência do tratamento na segunda pessoa do singular. Na sua imaginação, Manuel desenhava para si o melhor papel, esquecendo-se da verdade: ele distribuía panfletos, pouco mais. Não conhecia dirigentes políticos, nunca andara com armas, desconhecia os segredos, fossem eles o que fossem.

Um dia Eduardo desapareceu. Disseram-se palavras comuns em situações destas: clandestinidade, passar fronteira, a monte, Espanha, França, exílio, a voz na rádio. As palavras formavam frases. Mesmo que não obedecessem a esse propósito de comunicação entre os homens, as palavras, só por si, chegavam e contavam a história.

Eduardo regressou a Lisboa já em 1975, Manuel viu a sua chegada na televisão. Um homem de barba. Já não tinha aquele ar de moço precocemente envelhecido pelo peso da responsabilidade. O seu rosto a preto e branco na televisão mostrava outra coisa: a vida lá fora não o tinha tratado mal, mas estava de volta para contribuir para o país.

Manuel interrogava-se sobre isso; sobre essa forma

de fazer o país avançar. Nas aulas que dava, anfiteatros barulhentos, onde predominavam as mulheres de cabelo escorrido, Manuel ensinava o passado, nunca o futuro. Tinha a exacta medida do seu poder transformador: nenhum. Uma estrofe de Camões, um texto de Bernardim Ribeiro, um poema de Camilo Pessanha. Coisas sem importância quando comparadas com a reforma social, um novo sistema de saúde e um outro método educativo.

Pensava que o partido, mais do que Lenine e outras ortodoxias, possibilidades de futuro ou afamadas justiças sociais, lhe trouxera a mulher ao caminho.

A Ana Luísa na universidade; a Ana Luísa a mando do Eduardo do cigarro em jeito de sexto dedo; a Ana Luísa a sorrir ao de leve; a Ana Luísa a discutir política; a enrolar os erres na palavra camarada; a Ana Luísa a aceitar o jantar ao fim de um mês; a Ana Luísa a subir para a cama com algum pudor e, depois, a Ana Luísa sem soutien; a Ana Luísa das mãos agarradas ao rosto no momento do orgasmo e as lágrimas a escorrer, a escorrer para fora da cama.

Com a revolução dos cravos tinham chorado os dois. Ana Luísa lia poesia alto e gargalhava num vestido justo com flores. Manuel pediu-a em casamento. Disse, nessa noite de vinho, que a liberdade conferia ao amor a única prisão legítima à qual o Homem se podia submeter por vontade de coração. Fez um discurso inflamado e, no fim, a tasca em peso bateu palmas. Eram tempos vorazes.

Manuel entregou o primeiro livro a uma editora

recém-chegada ao mercado onde tudo era novo. O país era como uma criança a choramingar de curiosidade, a estender os braços, a dar curtos passos e tombos com e sem consequência.

Ana Luísa encarou as provas do livro com uma perícia quase científica, tornou-se a sua revisora pessoal. Dava-lhe espaço para escrever. Acreditava nele. Manuel foi convidado para a célula dos escritores do partido. Ana Luísa cozinhou um borrego em homenagem a essa distinção que o partido fazia ao marido. Considerou-a uma promoção ou um prémio. Mau presságio.

Por esses dias, Manuel gostaria de ter tido a ousadia de recusar as reuniões e as sucessivas regras do partido, mas o compromisso era brutal, uma pressão, uma constante chamada de atenção.

*Vais onde formos, vamos todos, somos só um.*

Manuel gostaria de ter dito que não. Em meados dos anos 80, depois de ter falhado algumas reuniões, a Ana Luísa disse-lhe o óbvio.

*Para ti o partido não é nada, Manel. Não te esforces por minha causa. Não faz mal.*

Manuel achava que o partido era uma família que Ana Luísa nunca tivera e não queria divorciar-se disso, dessa estrutura nuclear. Percebia a sua importância, mas tinha uma dificuldade crescente em ser um *escritor do partido*. Explicou a necessidade de liberdade, as transformações da sociedade, o pouco sentido que fazia aquilo que em tempos fizera tanto. Ana Luísa assentiu. Compreensiva, como sempre.

Foi ela que entregou o cartão de Manuel na sede do partido. Foi a ela que se fizeram as perguntas menos simpáticas, as observações mais cruéis.

*Sim, mas o Manel não é um político, é um escritor e precisa de estar sozinho.*

Podia ter dito algo assim. Não o deveria ter feito.

Havia uma organização no partido que o indignava cada vez mais. Quando caiu o muro de Berlim um dirigente disse na televisão que não era nenhum acontecimento histórico, era apenas um muro. Manuel uivou na sala de jantar. Ana Luísa ficou calada. Até morrer, Ana Luísa manteve as cotas em dia, tudo pago, para redimir a memória de Manuel, para ser ela consequente até ao fim da vida, da sua curta vida.

A primeira vez que votou, Sara sentiu um certo fascínio pela senhora na mesa de voto com o cabelo pintado de roxo. Ficou ali, quieta, junto à mesa de voto.

O presidente da mesa chamou-a pelo nome completo duas vezes e, quando despertou, avançou sem certezas para o cubículo onde devia votar. O boletim era estranho. Tinha os logotipos dos partidos e a designação de cada um, um quadrado para colocar o X vencedor. Sara brincou com a caneta e depois desistiu. Dobrou o papel em quatro e entregou-o ao chefe da mesa. A senhora de cabelo roxo sorriu.

*Foi assim a minha primeira vez. Não teve qualquer significado especial.*

Manuel pensou na frase.

*Foi assim a minha primeira vez.*

Era como se ele e a jovem mulher fossem de mundos distintos. Quando votara pela primeira vez, Manuel sentira um formigueiro na mão. Era um passo poderoso, a possibilidade de ter voz, de dizer de sua justiça, de eleger. Isso sim, mudaria o mundo depois de um regime tão prolongado. Tinha sido uma primeira vez com entusiasmo.

Manuel disse que precisava de café e fez um gesto ao empregado.

*Acho que os meus livros não são para a sua geração.*

*Porquê?*

*Vivemos realidades tão distintas. Para vocês, tudo é acessível. Se quiserem podem ser astronautas.*

*Não é bem assim. Vivemos hoje sem ideologias, a esquerda e a direita confundem-se. Os mais novos não participam na sociedade civil, a abstenção é fortíssima. A única causa que nos motivou a sair à rua foi Timor.*

*Foi um gesto bonito. Parecia Portugal noutros tempos.*

*Que frase tão saudosista.*

Manuel não conseguiu fugir ao esboço de um sorriso. Estava, de repente, cansado. O cansaço resumia-se ao esforço de manter uma conversa. Cada vez mais estava calado, passava dias sem dizer nada. Às vezes um

*Café e meia torrada aparada.*

*Ou*

*Obrigado.*

*Ou*

*Quanto é o jornal?*

Sara – pressentia-o – queria mais. Queria explicações e estados de melancolia, justificações para a sua escrita infinita e triste. Queria um pedaço dele.

Tinha-lhe arrancado a história com o Rodrigo, obrigara-o feito falar do partido e de Ana. E, no cansaço, a beber o café em silêncio, concluiu que Ana Luísa era o princípio e o fim de tudo. Depois da sua morte não restava mais nada; os livros que escrevia eram apenas os sucedâneos naturais dos livros anteriores. Surpreendia-o o sucesso. Sem Ana Luísa andava às voltas, a farejar como um cão ou como um gato, ridículo, a perseguir o próprio rabo.

Ana Luísa acreditava no partido e nas linhas mestras de uma ideologia na qual o divino era apenas o homem, o trabalho do homem. Esta ideia servia-lhe bem, já que Deus tinha decidido fazer-se difícil. A invisibilidade de

Deus tinha sido um tormento na infância e, na adolescência, uma razão para a rebeldia. Na idade adulta, Deus foi substituído. Ana Luísa era Deus. Rodrigo não entenderia nada disto e pouco importava, Manuel não precisava de explicar nada, muito menos a quem não suportava viver ao lado da dor diária de quem ama, de quem se prepara para morrer para sempre. Ana Luísa dizia que era o que mais lhe custava.

*Morrer para sempre é o pior.*

Manuel sorria. Não era um mau sorriso.

Agora, no princípio da tarde, com o restaurante a esvaziar-se, Sara queria saber da sua relação com Deus e queria ainda sublinhar de uma forma moderna a sua condição de judia. Como se isso fizesse alguma diferença. Deus não tem religião. É um dado concreto e universal.

*Todas as guerras se fazem em nome de Deus.*

*Sim, é verdade.*

*Fala disso nos seus livros.*

*Sim, Deus tornou-se também político. Mas os meus livros*

*não são sobre isso. São sobre o Homem. Sobre a dor de se ser ape-
nas Homem. Uma vez comecei a escrever uma nova versão da
Bíblia. Acho que daria um bom livro, mas ficou lá para as gavetas. Foi há muito tempo.*

*Ainda a sua mulher era viva?*

*Não, tinha acabado de morrer.*

*Não se voltou a apaixonar?*

*Há coisas que só acontecem uma vez.*

*Não o sabia tão romântico.*

*Não se trata de ser romântico. É a verdade.*

*Mas faz sucesso com as mulheres, não faz?*

*Não sei se fiz. Se alguma vez fiz.*

O sexo é louvado pelos mais novos porque é a forma de transmitir fisicamente o imenso medo de não se ter futuro. Sara preferia esta análise. Quem tem medo, fornica. Quem não sabe ao que anda, fornica. Quem não quer nada, fornica.

Sara estudava com afinco. A euforia do sexo nunca a motivara. Não sabia entender-se nessa troca de fluídos. Gostava da conversa depois do sexo. Das frases curtas, preguiçosas, a espreitar a realidade depois da comoção dos corpos. Gostava, sobretudo, disto: a conversa.

Tendo sobrevivido à neurose da mãe, depois de uma adolescência sem rebeldia, a faculdade era apenas a promessa cumprida de viver na grande cidade, certa de que Lisboa nada seria se ela não fizesse a cidade viver.

*Só existem as coisas que quero que existam. Se eu as pensar, elas existem. Se eu as desconhecer, não têm importância. A voz na minha cabeça faz com que eu seja única, nada existe para lá de mim, da minha envolvência. Somos autistas do mundo e eu sou quem comanda o mundo. Sou o comando mestre de um pro-*

*grama informático que Deus criou quando criou o mundo. Posso.*

Sara encenava para si esta ideia. Em frente ao espelho, analisando-se com cautela, à espreita de um sinal que denunciasse a loucura da mãe, a ternura do pai. Justificava-se diariamente. Ao espelho.

O namorado dizia que ela não tinha ética pessoal. Não se considerava um ser humano com direitos adquiridos inerentes a essa condição básica de se ser. Só ser. Sara podia discordar e contar-lhe toda uma história de verdades que reduzem a humanidade a um ponto preto no céu azul-claro, um avião em contraluz.

*Será que se tem frio quando se morre?*

Ela perguntava estas coisas para si, mesmo quando as perguntava em voz alta. Está mal habituada, o pai respondia-lhe a tudo; entre as lápides velhas dos cemitérios, o pai era capaz de dissertar sobre a vida, a morte, o sexo. A relação deles era – descobriu na faculdade – um compêndio de comunicação multimodal: ele a falar por gestos, por sinais só visíveis para ela; ele a imitar um som animal para estarem alerta, uma brincadeira só deles; ela a dançar e a rir para mostrar que apesar de tudo, da mãe e dos gritos, a vida era e isso bastava.

*Tudo se resume ao verbo ser.*

Sara considerava apenas o que era no preciso momento em que era. Por isso, o amor era um acto que, exceptuando o aspecto físico, podia ser ou não ser no momento seguinte. Não era necessário. Nada era necessário. Talvez o futuro fosse necessário. Sara tinha momentos, em frente ao espelho, na introspecção diária da sua existência, aquela que imaginava maior do que na realidade era, em que não sabia nada. Sentia que tudo lhe escapava.

Os anos da faculdade coincidiram com o cancro do pai e as visitas ao Instituto Superior de Oncologia, essa prisão de histórias e milagres. Sara aprendeu aí as limitações do corpo e da linguagem. Não havia palavras para tanto transtorno. Cada metro quadrado do hospital carregava mais dor do que seria possível imaginar. Sara deixava o namorado no café e ia ver o pai sozinha.

*Há coisas que tenho de fazer sozinha.*

*Tu fazes tudo sozinha.*

Sara ponderava, enquanto subia os degraus até ao quinto andar, o suor a crescer nas axilas, debaixo dos seios, se faria diferença crer em Deus. Ela que abominava a ideia de que o Deus dos judeus os declarara o povo eleito e, por isso, sofredor. O pai sempre lhe dissera que ser judeu era seguir uma crença de coração, ter uma história. E ela ria e dizia que o seu interesse estava no imediato, que na história se perdia, que Deus tinha de estar no aqui e agora e não apenas no sempre. Deus não era uma fotografia de um campo de exilados nas Caldas da Rainha, os avós judeus polacos que iam à praia à Foz do Arelho nos ridículos fatos de banho completos, barracas para cobrir o corpo do sol e dos olhares de todos. Sara sabia a história, mas era como se não fosse a história dela. Nada daquilo podia estar no seu sistema, nas suas veias, no seu ADN. O apelido judeu era uma graça. Não tinha importância. Ser judeu vem de dentro, da casa, da mãe, dos rituais e da prática, da tradição que se segue. A mãe de Sara estava demasiado longe para a educar assim. O pai estava demasiado ocupado a fazê-la rir para não ver o resto e só terminou a sua tarefa quando o entubaram, e já não conseguia soltar o riso.

*Então, pai, como se sente?*

Uma merda de uma pergunta. Uma pergunta sem resposta. O médico vinha, apaziguador, fazer conversa. Sentava-se na beira da cama. Contava, com orgulho e calma, que o pai respirara para uns sacos especiais e que esse ar serviria para treinar os cães da Guarda Republicana para identificar o odor do cancro. Sara imaginou cães pelo país, cães a farejar, a saber que as pessoas têm cancro antes de qualquer exame, de qualquer TAC ou raio X. Para que servia isso? Para que servia o esforço de soprar para dentro desses sacos? Para que servia treinar os cães? Sara quis perguntar, mas não se atreveu porque o orgulho do médico era quase soberba e porque a soberba lhe pareceu dolorosa de enfrentar. O pai mirrado na cama de metal branco, lençóis brancos como uma mortalha, o pai a olhar alternadamente para ela e para o médico, para o médico e para ela. Por uns instantes, Sara achou que o pai iria surpreendê-los com uma tirada, uma citação, um episódio hilariante. Mas estava no fim da linha, o seu corpo era uma máquina esgotada. O médico atendeu o telemóvel e, distraído, foi-se afastando até que a sua voz deixou de se ouvir. Sara sorriu. Lembrou-se da frase de Oscar Wilde, perder um pai é terrível, perder os dois é descuido. Qualquer coisa assim, não conseguiu precisar as palavras. O descuido dela era monumental. O pai a rejeitar o pouco ar que o mundo ainda tinha para lhe dar, a mãe na casa de repouso, envelhecida, velha, calada, drogada. Como a Joaninha. O pai contara-lhe tudo.

A prima Joaninha veio de África – dantes dizia-se assim e ficava-se logo a saber que era nas colónias e que tinha pretos e pronto, as especificidades não importavam – depois de ter sido educada no mato com umas freiras. O tio Francisco trouxera a menina porque, apesar de ser cabrita, era sua filha e não tinha ninguém. A mãe morrera-lhe, vítima de uma mina, num campo por semear. Joaninha ficara com as freiras que evangelizavam o sítio, mas o tio Francisco achou que o mais cristão era trazê-la para Lisboa. Para a confusão de Lisboa. O tio Francisco,

75

depois de ter andado meio ano perdido no mato, tinha umas ideias que eram só suas. A maioria da família temia-
-o e, quando o temor não era o fundamental, havia razões de comodismo que ditavam distância e silêncio no capítulo dos bons conselhos. Por isso, Joaninha foi arrancada a África, viajou num barco a cheirar a mortos, caixões e caixões empilhados sobre os quais ela gostava de se deitar e imaginar que estava morta, para depois ser sacudida pelos militares que fumavam cigarros e que passavam indiferentes ao despontar do seu corpo de mulher. Joaninha tinha onze anos quando chegou a Lisboa. Viveu nas saias da criada da casa da avó Carminho, em casa de quem o tio Francisco viveu a vida inteira sem considerar idade ou posição.

Numa tarde de Verão, em pleno Alentejo onde passavam os três meses de férias, Francisco comeu e bebeu até o corpo esticar. O calor infame não se curava a cerveja. Francisco riu-se da sua figura, entrou na piscina municipal. Subiu à prancha mais alta com enorme dificuldade. Mirou a água a reflectir as pastilhas azuis e considerou o pouco que tinha feito depois de ter feito a guerra. Viu dali a sua pequenez e a indisfarçável tristeza de estar vivo. Atirou-se uma vez. Voltou a subir à prancha mais alta. O fundo da piscina pareceu-lhe indefinido. Não percebeu que Joaninha comia um gelado em silêncio junto às escadas da piscina. Ela que nunca dizia nada, que parecia, a cada dia, mais estranha, mais longe, mais africana, ela a gritar

*Não!*

E o corpo dele a tombar na água, de chapão, e o organismo a desistir da alma e da mente, a expandir, a explodir, vísceras na água, sangue e mais nada. O fim do Francisco. Um homem morto na água.

Joaninha foi mandada para casa de uns primos. Não sabia comer o que eles comiam. Não percebia o que diziam. Tornou-se violenta. Dos 15 aos 16 anos não saiu uma única vez do quarto. Fazia as suas necessidades no chão, não se lavava, não deixava que ninguém lhe tocasse. Foram precisos três enfermeiros para a drogar. Levaram dois dias para limpar o quarto de alto a baixo. Havia pedaços de Joaninha por todo o lado. Num canto excrementos, noutro unhas e peles que ela amontoava como se fizesse colecção de si mesma. Quando acordou estava no Hospital Júlio de Matos. Viveu ali até aos quarenta e nove e, dizem, morreu de tristeza, falando um linguajar que ninguém entendia, arrancando os fios de cabelo devagar, quase com carinho, o indicador e o polegar a puxar, a puxar, a puxar.

Sara estava sozinha.

O pai ali a deixar-se ir, a ser útil apenas para os cães da Guarda Republicana. A mãe drogada, ciclotímica, momentos de euforia intervalados com prostrações demasiado complexas para os médicos conseguirem explicar. Crises, diziam. Quando terminou a faculdade,

Sara já não sabia rir. A vida passou a ser feita por metas e conquistas ténues de importância, claro, duvidável.

A solidão mata. Mata mais quando se está mesmo só.

Manuel pensou que o almoço estava terminado. Não havia muito mais a dizer. Não tinha a certeza da sapiência das suas respostas, mas isso não importava muito. Nem um pouco. Dali seguiria para casa e quando o jornal saísse com a sua entrevista já não estaria ali.

Por momentos, considerou o corpo: as suas mãos manchadas, os dedos tortos, as unhas rentes, a aliança larga, ouro amarelo, o anel de prata com a pedra no meio, uma coisa geracional, de homem casado, uma coisa portuguesa. As mãos mantinham-no vivo, escreviam por ele, deslizavam no teclado amorosamente, em fúria, velozes ou sábias na espera. A mão direita: o indicador pousado na letra J, o anelar no O, o dedo do meio suspenso. Mão esquerda: o anelar a brincar com o A, resto no ar. Manuel gostava dessas pausas. Havia alturas em que perdia o fio condutor da sua história, como um comboio que descarrilou, e ficava na contemplação das suas mãos. Nunca seria ladrão. Nunca arriscaria ficar sem mãos. Lembrava-se de pensar isso em criança.

Uma vez, nevava lá fora, a mãe fazia empanadas de atum, receita espanhola da fronteira, e ele cortou o indicador na lata de atum. Uma linha perfeita que se manchou de sangue e, sem sentir dor, assustado apenas pelo vermelho imenso, Manuel berrou

*Mãe!*

Agora, olha para as suas mãos e vê a vida inteira: a cicatriz no indicador, um fio branco, quase invisível, dessa asneira infantil; o espaço entre os dedos onde Ana Luísa colocava o seu mindinho quando lhe dava a mão para atravessar a rua; a palma da mão que segurou a cabeça de bebé de um Rodrigo ainda inocente, ainda pleno de amor por quem lhe pegasse ao colo; a mão que apertou tantas outras; a mão no sexo, veloz; a vida dele nas mãos.

Manuel sabe que serviu mal o corpo. Sem preocupações, sem carinhos, sem o considerar. Do seu corpo, a única parte que considera indispensável são as mãos. Por vezes, crê que a sua cabeça está nas mãos. Porque se senta para escrever sem projectos de escrita, sem história, sem apontamentos. Fica em frente à página branca e abandona os dedos no teclado, como quem diz: sigam, façam o que têm que fazer. Vê as palavras, pondera na facilidade das palavras. A escrita não lhe oferece mistérios. Não mete medo. Na sombra triste do sorriso de Sara podia caber este pensamento, podia partilhar com ela o que sabe ser determinante sobre o futuro. O dele e o do mundo. Mas Sara não é uma página em branco e as suas mãos não a podem tocar, ao de leve, sem perversidade, sem mágoa. Será a pele dela branca, a curva da barriga, a entrada do umbigo? Haverá sujidade? Uma vez, sim, lembra-se tão bem, o corpo húmido de uma mulher e um resto de cotão preto, uma bola minúscula, como um sinal, a despontar do umbigo, o centro de cada ser, o centro do mundo. Esqueceu-se do sexo, talvez com algum desagrado da rapariga que não percebeu, não quis perceber, pousou a cabeça na barriga dela, estrategicamente virado para aquele pedacinho, aquele intruso. De onde vens? Onde vais? Foi um dos momentos mais eróticos da sua vida: a respiração ritmada do corpo dela e o cotão a desaparecer dentro da carne, a aparecer logo de seguida, um brilho mágico de humidade a conferir-lhe algo de divino. A rapariga adormeceu e Manuel, cuidadoso, fechou a porta com as roupas na mão. No corredor, a vestir as calças, as mãos sem o cheiro a sexo, julgou-se menos. Menos homem. Ela era tão bonita e a promessa de sexo uma garantia. E ele, o que fez ele?, apaixonou-se pelo cotão no umbigo. Dias depois, na faculdade, a cantina repleta de gente e ela a passar, a rir, desproporcionada, os cabelos enrolados no rosto, um gesto pedante, a mão no braço de um assistente. Lamentou o abandono do umbigo, a perda do cotão. Não se recorda do nome dela. Não importa. Já pouco importa. Sente que se repete nessa ideia, nessa sensação de falta de norte e sentido para a importância das coisas na vida, na vida que lhe resta. Não pensa ainda, em concreto, na morte, no depois. No bolso do casaco tem uma edição antiga do seu livro preferido de Henry James, *A Fera na Selva*. Assustado, percebe agora que se tornou o personagem de James. Nunca será assaltado pelo maravilhoso, pelo surpreendente. Apesar do prémio, do sucesso, pressente a sua mediocridade, a sua pequenez. Como uma condição, uma inevitabilidade. Percebeu isso no momento em que o médico o olhou e disse

*Sabe, a próstata, nesta idade... bem, é comum nos homens.*

Teve uma súbita vontade de rir. Haveria de ser comum nas mulheres? Lá chegaremos: homens a exibir ovários orgulhosos, produto de um cocktail científico poderoso, mulheres a mijar de pé? A avó mijava de pé quando ia à horta. Disso, Manuel tem a certeza. Viu-a um dia, deveria ter uns quatro anos. Pressentiu que o silêncio era adequado. Agora pergunta-se sobre esse e outros silêncios. Se não questionou, não soube a resposta, se não soube a resposta não acumulou conhecimento. Uma equação lógica. Um pretexto. Algo que justifica agora a sua pequenez, a pouca relevância das coisas. Não fez mais perguntas ao médico. No dia seguinte deram-lhe a notícia do prémio.

Faz hoje um mês.

O empregado trouxe a conta. Sara esboçou o gesto de alcançar o pequeno papel, a conta. Manuel limitou--se a olhar. Ela recuou, sem jeito, os olhos de novo na mesa.

*Há coisas que nem a modernidade muda.*

*Acha que o cavalheirismo persiste?*

*O cavalheirismo tem regras e eu sou um homem de regras.*

*Tem graça, nunca o pensei a favor das regras.*

*Mas sou. As regras dão estabilidade e conforto. As regras de educação, entenda-se.*

*A educação é ritualista.*

*Se quiser, sim. Como a religião.*

*E encontra conforto no ritual?*

*Já lhe disse que Deus não me conhece... Sou demasiado pequeno.*

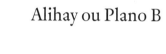
Alihay ou Plano B

*Devido ao mau tempo, lamentamos mas os voos programados para esta noite foram cancelados. Por favor, dirijam-se ao balcão da vossa companhia para mais pormenores.*

Sara recolhe a bagagem. A mochila faz-lhe doer o ombro. Está há quatro horas no aeroporto de Schiphol em Amesterdão. No balcão da TAP percebe, mesmo antes de chegar à fala com a assistente, que vai dormir em Amesterdão, num hotel designado pela companhia.

*Lamentamos o atraso...*

*Por razões alheias à nossa vontade...*

*Amanhã telefonaremos...*

*Mais uma vez pedimos desculpa.*

O hotel tem a vantagem de ser central, perto do palácio, na Damrak. Sara esteve em Amesterdão uma única vez. Fazia sol então e os canais tinham uma vida invejável, barcaças de casais a rir. É a sua memória mais viva: a inveja dos outros. Não gosta de reconhecer o sentimento. O pai não se orgulharia dela. A bondade é uma busca constante, como um dever. Ser simpática é o equivalente a lavar os dentes. Todos os pensamentos mais estranhos, todos os cenários cruéis, a inveja e a intolerância, a soberba e a vaidade são a sua essência, vivem nela, apesar de não estarem à vista. Sara acredita nisso. Quando vê uma criança retrai-se. A pureza assusta-a. Sabe que Deus não a ouve, sabe que a salvação está para lá das suas possibilidades. Israel foi um erro. Nada mudará. Sara será sempre um resto do humano. Nada mais do que isso. Ainda recorda as palavras da mãe no seu décimo aniversário.

*Não é o anjo que o pai pensa que ela é. É bonita. Mas não é boa. Nenhuma de nós o é.*

Sara percebe agora a dimensão drástica da frase. Uma sentença. Anda há anos a fugir dessa verdade. Por vezes convence-se de que não é verdade. A mãe tinha distúrbios, vivia dentro de uma caixa de comprimidos, ciclos positivos, ciclos negativos. Os loucos não estão mais próximos de Deus, pois não? Sara, a fingida, ao colo do pai, mimada pela normalidade, segura pela bondade do pai.

Em frente ao espelho do exíguo quarto de hotel despe-se com lentidão. É aqui que está o seu melhor. Quanto tempo durará? A pele ficará menos firme, as rugas acumular-se-ão junto aos olhos, nos cantos dos lábios.

*Your old tricks won't work anymore.*

No Red Light District escolhe um café para experimentar uns cogumelos. Alguém os elogiou longamente. É a experiência que falta. O toque final na sinfonia do discurso miserabilista, de vítima de si própria. Os cogumelos são uma forma de misturar a noção de tempo e espaço, de assumir poder sobre os outros. Não deve ser divertido de fazer sozinha, mas não há mais ninguém.

O café está cheio de jovens imberbes, de turistas risonhos. A nuvem de fumo é quase assustadora, a música está alta. Sara hesita, pede ajuda ao empregado com rastas e, por fim, mastiga os cogumelos com requinte, como se fossem uma iguaria, cerra os olhos e imagina-se num hotel de luxo. A comer cogumelos alucinogénios com um garfo mínimo, de prata. Talvez Christofle.

A primeira sensação é equivalente a nada. Depois a boca começa a secar. Sara sente um calor imenso. Paga e decide ir para a rua. Perto do canal Prinsengracht senta-se. Vê as bicicletas às cores, raios a passar como restos de personagens de banda desenhada. Tem uma enorme vontade de rir. Senta-se no chão, o corpo desconjuntado. Não está tão drogada assim. Sabe isso. Está a encenar a sua perdição e é nesse preciso momento que o vê.

*Manuel Guerra?*

*Excuse me.*

O homem estranhamente pálido dobra-se para chegar mais perto dela, mais perto do chão. Tem um ar calmo. Sério. No fundo dos olhos, Sara consegue ver a sua silhueta. Está outra vez ao espelho. O homem pega-lhe na mão e diz-lhe em português

*Estou aqui há uns meses e ninguém me reconheceu.*

*Eu entrevistei-o.*

*E estava pedrada nessa altura?*

*Não.*

*Vamos caminhar um pouco.*

Seguem os dois, vacilantes. Sara por causa dos cogumelos. Manuel porque não tem força. Passam em frente às montras de luz vermelha. É como se tivessem entrado numa outra dimensão, um mundo de fetiches e fantasias por cumprir. As mulheres exibem uniformes de enfermeira, de professora e há ainda uma mulher loira, de saltos altíssimos com uma capa vermelha e um cesto de vime com maçãs. É a Capuchinho Vermelho à espera do lobo. Sara ri-se.

*Desculpe. Não consigo controlar-me.*

*Não faz mal. Acontece-me com muita frequência.*

*Sim? Eu achava que o senhor nunca se ria.*

*Engana-se.*

*Não me parece. Foi tão cruel comigo durante a entrevista. Senti-me tão burra.*

*Não sei o que lhe diga.*

*Podia pedir desculpa.*

*Desculpe.*

*Ok.*

Sara pára. Tem vontade de fumar um cigarro. Mexe na mala durante muito tempo. Sente-se melhor. A boca continua seca. Os cigarros estão espalhados na mala, o maço aberto. Encontra o isqueiro de plástico cor-de-rosa e tenta fazer o gesto de acender o cigarro. Manuel Guerra pega no isqueiro e num único gesto o lume surge à sua frente e ouve-se o som do tabaco a queimar. Por segundos, Sara vê a fotografia de uns pulmões de fumador.

Tinham publicado a fotografia no jornal e ela nunca mais se esquecera. A diferença entre um par de pulmões saudável e um par de pulmões de um fumador, mirrados, cinzentos, miseráveis, a pedir para terem cancro. Decidiu partilhar a visão com o escritor. Fê-lo com alguma calma, procurando palavras com mais impacto, como se estivesse numa palestra.

As palavras contêm poder. Há palavras que são poesia, palavras que ninguém no seu perfeito juízo utiliza no discurso oral. Palavras caras. Porque as há baratas.

Sara tem outro ataque de riso. Está fora do seu corpo. Vê-se pendurada no braço de Manuel Guerra. Ele gentil. Por fim.

*Um chá? Um café?*

*Chá de cogumelos?*

*Não tinha pensado nisso.*

*Pois. O senhor é um chato.*

*É verdade. Mas não me parece que esteja melhor do que eu.*

Os dois corpos abandonam-se. Manuel olha-a fixamente. Sara aguenta o olhar e ambos percebem que têm algo em comum, uma dureza que lhes permite ficar apenas ali a chafurdar na miséria um do outro. Sara aproxima-se devagar e encosta-se ao corpo frágil de Manuel Guerra. Mantém-se assim. Por um momento.

*Porque não me conta? Porque está tão infeliz?*

*Eu?*

*Sim.*

*Estive em Israel. Foi difícil.*

*Porquê?*

*Porque não tenho casa, redenção, destino. Não sei quem sou. Nem sequer sou uma judia como deve ser. Entro numa sinagoga e tenho vontade de sair. Preciso de ar.*

*Conte-me. Pago-lhe um café e conta-me a sua história.*

*Não estou habituada a falar de mim. Geralmente sou eu que faço as perguntas.*

*Pode ser. Mas eu gosto de uma boa história.*

*A minha história pode não ser boa. E achei que o senhor não gosta de nada.*

*Enganou-se. Outra vez. Parece que lhe acontece muitas vezes. Vamos lá ao café.*

Sara passa à frente dele, ainda insegura, passos pequenos. Tem os olhos vermelhos, mas Manuel Guerra opta por não dizer nada. Há factos que sendo temporários não vale a pena sublinhar, pensa para si. O homem atrás do balcão estranha o duo, acata o pedido e mantém-se vigilante. Sara percebe que o café é um local familiar, um espaço cheio do escritor. Imagina-o ali com a mulher. Depois recorda-se da morte de Ana Luísa e, estupidamente, sente as lágrimas a chegarem aos olhos. Disfarça sem grande sucesso. Não se empenha nisso. Deve ser dos cogumelos. Ela que nunca se drogou. Beber, beber é mais fácil de se aceitar. Começou o ano com a cabeça dentro da sanita, lembra-se agora. Má disposição, o sabor da bílis, suor e medo. Parece-lhe que vive nesse torpor há muito tempo. Diz-lhe

*Tive muito medo. Pensei que ia morrer antes de chegar a Telavive.*

Sara tenta esticar as pernas, o joelho a queixar-se da imobilidade excessiva. Procura comportar-se de uma forma descontraída, impecável, como se estivesse a ser observada, personagem de um reality show. O perigo pode estar nas alturas, tinha lido numa reportagem escrita por um colega do jornal. Um texto de Verão. Sara despreza o género ou, no mínimo, a classificação: textos de Verão, textos de Natal, textos de regresso às aulas. Como se o jornalismo se pautasse pelo mesmo calendário dos hipermercados, dos saldos e dos descontos absurdos. O artigo em causa era sobre as viagens de avião, o stress dos comandantes e tripulações, as greves e os controladores. Numa pequena caixa, o jornalista tinha desenvolvido o tema da turbulência, reportando-se às primeiras operações de jacto a partir dos anos cinquenta e os problemas operacionais provocados pelo vento. Perigos sem aviso prévio, apesar da evolução tecnológica. Aos pilotos não são dadas pistas concretas, não sabem o que vão encontrar dentro de uma nuvem. Os estudos e as previsões têm aquilo que agora lhe parece ser apenas um vislumbre de fiabilidade. Os dados indicam que há mais de vinte mortes provocadas pela turbulência em céu claro desde a década de noventa do século XX. Um Boeing 747 da United Airlines foi assaltado por uma turbulência severa em pleno oceano Pacífico a trinta e um mil pés de altura. Apesar de o piloto ter controlado o avião e ter conseguido aterrar, uma pessoa morreu, cento e quatro ficaram feridas. Num segundo apenas o avião caiu cem pés e a força G ameaçou a integridade da aeronave. Sara lembra-se de o colega ter escrito «aeronave» e de ter pensado: «Daqui a pouco escreve aeromoça em vez de hospedeira.» Os passageiros relataram ao mundo que o «avião caiu em queda livre debaixo de nós» e que «balançou, sacudiu e depois mergulhou». Neste momento admira-se de ter retido tanta informação de um texto que considerou sem graça, apenas adequado para aplacar os medos de quem acha legítimo recusar voar.

O suor acumula-se no soutien, as mãos estão húmidas. A turbulência dura há mais de vinte minutos. Os sinais luminosos com indicação para apertar os cintos parecem sorrisos maléficos. Sara teme entrar em pânico. Sente a garganta seca, uma dor no estômago, a visão turva, por vezes. Ao seu lado, uma mulher respira com dificuldade e estica-se para chamar a hospedeira, a mão a tentar alcançar o botão mesmo em cima da cabeça, o avião a tremer e o braço a pender, para trás e para a frente. Um insucesso.

*Daqui a pouco já acalma.*

*Mas porque não dizem nada?*

Sara imagina o diálogo porque não tem forças para reconfortar a mulher, para fazer um esforço e falar em inglês ou em francês. Fecha os olhos e vê o cockpit vazio. Um computador que pisca luzes vermelhas e verdes encarrega-se de voar sobre o Mediterrâneo ou estarão a sobrevoar a Turquia? O cabelo, na nuca, está empastado. O cheiro do seu suor enche-lhe as narinas. A mulher ao seu lado começa a chorar. Ao fundo, um homem chama em inglês

*Somebody...*

Quando era adolescente fez uma viagem de carro até ao Magoito. Por uma razão qualquer a escola fechara nesse dia e Sara andou com o pai, ela e os papéis do pai pela cidade. Ao princípio da tarde tinham ido ao Magoito para verem uma casa que estava pronta a ser recuperada.

*Um achado, pequenina, vais ver. Podemos ver a praia, se quiseres.*

O pai tagarelou satisfeito enquanto lhe piscava regularmente o olho. Ela via tudo pelo retrovisor. Era o centro do mundo dele. Quando o carro travou abruptamente não percebeu o que se tinha passado, olhou pela janela a tempo de ver o fundo de uma ravina, o corpo foi atirado para o outro lado, o pai berrou

*Segura-te!*

E Sara pensou que morria sem ter conhecido o sexo, o amor e o mundo. Por esta ordem. Não teve medo. Teve pena. A memória deste acidente ficaria para a contabilidade de infortúnios que as pessoas gostam de trocar. Sempre que a palavra desastre ou acidente surge, ela revê a paisagem assustadora e profunda que podia ter sido a sua última morada. Gostava de fruir esse dramatismo: a sua última morada. Talvez por isso tenha demorado tanto a aprender a conduzir. O pai assegurava-lhe que os acidentes de carro são menos comuns do que se espera, que tudo se resolveria, que seria uma excelente condutora. Sara percebeu que a excelência que o pai lhe atribuía era apenas amor incondicional e, por isso, desde muito cedo que deixara de acreditar nas garantias paternas.

Chumbou no primeiro exame de condução, deixou o carro ir abaixo três vezes. A perna tremia-lhe tanto que parecia uma picareta. Foi esta a descrição que deu ao instrutor quando, sem qualquer noção de vergonha ou culpa, anunciou que faria uma segunda temporada na escola, mais dez lições. O instrutor fez-lhe uma prelecção sobre as suas capacidades e um discurso inflamado sobre a ausência de auto-estima na geração dela. Sara perguntou se na geração dele era muito diferente e o instrutor encolheu os ombros, aborrecido.

*E isso é relevante?*

A possibilidade de morrer num avião nunca lhe ocorrera, não fizera qualquer cenário prévio para este tipo de situação e, sendo assim, sentia-se mais frágil. Sara é uma mulher prevenida. Cautelosa. Organizada. Rápida. Gosta de pensar as coisas de antemão. Aos trinta anos escreveu um testamento. Não por estar deprimida ou ameaçada por uma doença, por precaução. Destinou as obras do pai para a universidade que o fez Mestre e Professor Doutor; o mesmo destino para a biblioteca. Uma verba para a Maria Alda que tomou conta da mãe durante anos. A casa deveria ser vendida e o usufruto entregue a uma instituição de caridade. O ouro derretido, uma ideia velha que, no momento, lhe agradara.

O testamento provocou em Sara a angústia de se saber sozinha, de constatar que ninguém a choraria verdadeiramente. Ninguém do seu sangue. Fosse isso o que fosse.

Há truques de ilusionismo que se aprendem com rapidez. Truques que enganam a solidão com mestria. Mais de quinhentos números memorizados no telemóvel. Estar disponível para o editor de todas as secções do jornal. Ser confidente dos paginadores. Conhecer o administrador, a mulher do director, a telefonista, a filha da telefonista, a senhora da limpeza, o estafeta, o substituto do estafeta. Sara colecciona as vidas dos outros, enche-se com os pormenores, não se esquece de nada.

A primeira coisa que faz quando chega a um restaurante é perguntar o nome do empregado que a serve. Se não partilhar a refeição com ninguém, no fim, quando deixar a gorjeta, saberá tudo sobre o empregado, como começou a trabalhar, que estudos tem, onde vive, o que sonha. Quando regressar não se esquece.

*Olá, Rui, há mesa para almoçar?*

Sara absorve os outros. É uma excelente entrevistadora, tem paciência, sorri ligeiramente e espera. Dá tempo ao outro. É o que faz uma boa jornalista. Do tempo de faculdade tem duas amigas intermitentes. Dessas que telefonam para dizer

*Estou tão mal, tão cansada...*

*Não imaginas o que me aconteceu...*

Cláudia é jornalista na televisão pública e, como todos os que foram abençoados pela luz hipnotizante e tentadora, tem uma obsessão com a sua imagem, a raiz do seu cabelo que tem de retocar de mês a mês, o desenho perfeito das sobrancelhas, o ventre plano nas fotografias das revistas cor-de-rosa. Sara almoça com Cláudia uma vez por mês. São refeições rápidas, saladas e iguarias pequenas. Partilham algumas memórias da faculdade, fizeram a maioria dos trabalhos académicos em conjunto. Todos os pormenores mais íntimos da vida amorosa de Cláudia, com detalhes mais ou menos explícitos, ocupam uma parte do disco rígido de Sara.

*Eu conto-te tudo e tu nunca me dizes nada da tua vida.*

*Porque não há nada para contar, Claudinha.*

*Pois. Já te contei do Jorge?*

E uma vez que Sara não agarra a escada da confidência que a amiga lhe lança, Cláudia sente-se mais à vontade para contar que o Jorge é assessor de imprensa de um ministro, tiveram uma noite tórrida, champagne e morangos como nos filmes.

*Mas agora é complicado manter uma relação. Já viste o que seria se se soubesse, uma jornalista e um assessor...*

Além do ego de Cláudia, Sara é amiga de Madalena, a sofredora. Revisora numa revista de grande circulação, Madalena nunca conseguiu ser mais do que a revisora primorosa e profissional dos textos dos outros. Pouco importa que escreva melhor do que a maioria ou que tenha lido os grandes nomes da literatura mundial. Sofre de timidez. É incapaz de manter uma conversa acesa, de fazer frente, de argumentar ou contra-argumentar. Diz que sim a tudo e acata com tamanha facilidade as maiores atrocidades que as sucessivas chefias para quem trabalha a catalogam invariavelmente como despistada, estranha, desequilibrada. A alcunha de Madalena na redacção é «a Viúva» e ela, sem saber, persiste e veste-se de preto porque se acha gorda ou, para suavizar, larga de ancas, a herança de família.

Sara aprecia o facto de Madalena ser um túmulo, ao contrário de Cláudia que contará, sem qualquer pudor, todas as confidências por mera necessidade de partilhar com o mundo um potencial segredo. Madalena escuta com calma, faz perguntas, interessa-se. Perde alguma da sua timidez depois de um copo de vinho tinto e, por isso, Sara gosta de a arrastar para um restaurante argentino, muito familiar, nas Escadinhas do Duque, ao Bairro Alto. Ao contrário do curriculum amoroso de Cláudia, exemplar da sua ascensão profissional, a «Viúva» vive desde os dezanove anos com o namorado que sempre teve. Um dia planeia um casamento. Mas teme a festa e as pessoas e vai adiando.

*O Carlos não insiste, ele também não gosta de festas.*

Sara sabe que tem nas amigas duas diversões. Que a

cumplicidade é construída pelos anos e que isso, por si só, é um estatuto suficiente para as três. Com Cláudia ri-se do mundo. Com Madalena consegue sentir o potencial de bondade de que o pai lhe falava. As duas proporcionam-lhe identidade, uma certa normalidade. Depois há os outros: aqueles com quem convive porque o tempo se estende e, de repente, é hora de jantar. As redacções são sítios atolados de pessoas sós, a trabalhar ao telefone, pendurados nos computadores como adictos. É fácil combinar um jantar, dizer mal do chefe, comentar as notícias. Qualquer situação internacional pode fazer as despesas da conversa, pode tornar-se o centro do mundo. Os jornalistas defendem causas, gesticulam, fazem declarações sérias e substituem todas as artérias do coração por regimes fundamentalistas, por eleições que se aproximam, por catástrofes naturais e dados estatísticos. Enchem-se de coisas para não terem de se encarar. Sara sabe como é. Vive assim. Não recusa qualquer trabalho, é voluntária para tudo o que possa dar mais adrenalina, mais chatice, mais e mais de qualquer coisa que faça as vezes de uma vida. Mais.

Não se imaginou assim quando era pequena. Queria ser artista, escritora, bailarina e bombeiro como os rapazes que conhecia na escola. O pai deu-lhe uma máquina de escrever aos sete anos. Era cor-de-rosa e laranja. A combinação de cores não seria a ideal, mas a seriedade do objecto na sua mesa de trabalho, o som e o facto de poder escrever o que quisesse deu-lhe uma ideia próxima da felicidade.

Não sabia o que escrevinhar, por isso copiava notícias de jornais. O pai lia um diário e ela esperava pacientemente para poder copiar os textos que achava mais interessantes: «Urso panda acasala na China»; ou «A feira do livro abrirá a 25 de Maio». Sara aprendeu assim a escrever algumas palavras difíceis. Quando não sabia o significado de alguma perguntava ao pai e a resposta era sempre igual.

*Vê no dicionário.*

*Mas, pai, há coisas no dicionário que eu não entendo.*

*Não, não há. Procura.*

O convívio entre colegas de trabalho obedece a uma regra antiga: não se caga onde se come. Ao contrário de muitos, Sara nunca teve uma ligação amorosa com um colega de trabalho. Sempre achou que merecia mais. A última relação que teve durou um ano e meio. Acabou antes do Verão começar. Não era nada de especial. Nem para ele, nem para ela. Davam-se bem. Riam. Dormiam em casa um do outro alternadamente. Sara achou que conseguiria viver assim. Nunca imaginou o fim. Não estava preparada.

*Já dançámos tudo, a nossa música acabou, Sara. Aceitei ir trabalhar para Madrid. Vou ser chefe de departamento. É importante para mim.*

Pedro não queria saber o que ela pensava. Limitou-
-se a terminar a relação e a seguir viagem. Nessa noite,
Madalena ouviu-a chorar baixinho, passou-lhe a mão nas
costas e disse-lhe que tudo ficaria bem.

*É só preciso tempo.*

Tempo é uma coisa que Sara não tem. Porque não
quer. Quando as coisas do Pedro desapareceram lá de
casa andou à procura do cheiro dele pela casa. Queria
eliminá-lo. Sem dramas fez uma última chamada.

*Levaste o CD da Elena Kariandrou? És um merdas. Foi a
última coisa que o meu pai me comprou.*

Antes do Pedro, tinha havido um João, aluno de psi-
cologia na mesma faculdade. João gostava de tomar
umas pastilhas ao fim da noite. Para animar. Sara ficava
a vê-lo dançar. João dançava mal. Foi ela que terminou a
relação. Para não o magoar, disse-lhe que estava numa
fase depressiva e que não era justo para ele. Conseguiu
até ficar com os olhos marejados de lágrimas. João abraçou-a e disse-lhe que estaria sempre ali para ela.

*Só precisas de reforço positivo. Por vezes a nossa criança in-
terior surge-nos adormecida, mas com fantasmas e pesadelos que
importa exteriorizar. Já pensaste em fazer análise? Era importante, Sara. Pensa nisso.*

Engoliu o riso, aquela noção de ridículo que o linguajar técnico lhe provocava. O reforço positivo. O enquadramento emocional. As memórias recalcadas. Os sentimentos por exteriorizar. João seria um bom psicólogo, nem que fosse pelo uso acertado da linguagem técnica. Sara conseguia vê-lo, numa cadeira confortável, a perna traçada, toda a atenção fixada no olhar do paciente. A imagem impecável do confidente, experiente, sabedor. Desde que não o vissem dançar.

Sara escreveu o testamento há um ano e pouco. Deixou um envelope na gaveta da secretária. Não mandou para o advogado. Se morresse estaria lá tudo bem escrito, explícito, ordenado e curto. A Madalena trataria de tudo. Agora, no avião agonizante, acha que o testamento é inútil porque não diz nada dela, das suas convicções e ideias. Deveria ter escrito sobre o amor que nunca sentiu, sobre a dor de perder os pais, sobre o terrível cansaço de ser imparável, sobre a bondade que apenas imagina ser possível.

*Senhores passageiros, fala o comandante. Como devem ter percebido estamos numa zona de grande turbulência. Agradeço que permaneçam sentados e com os cintos de segurança apertados. Dentro de minutos contamos ter atravessado esta zona. Obrigado.*

*Foi para Israel porque se sentia sozinha?*

*Não. Fui... por impulso. E por romantismo.*

*Ah.*

*Não ponha essa cara. Irrita-me. Eu sei que é mais velho, mas já tive a minha dose de paternalismo.*

*Eu não estava a ser paternalista.*

*Estava.*

*Não. Estava apenas a pensar que, na maioria das vezes, a razão que leva a viajar é também fruto da enorme solidão. A solidão pode ser um monstro, uma peste, uma doença contagiosa que se alastra.*

*Sim, toma conta de tudo. Em Jerusalém vi-me ao espelho e vi uma deficiente afectiva. Deveria ter um crachá com um desenho a assinalar o meu vazio.*

Como judia, Sara entende que os crachás são parte da herança. Não tem qualquer número tatuado no braço, não tem cicatrizes. Sabe apenas as histórias que a mãe lhe contou e tudo aquilo que o mundo lhe devolveu em filmes e livros. Enjoada e imensa pena de si própria, julga compreender o Holocausto de outra forma. Dá-lhe outra importância. A religião nunca foi um caminho a percorrer. Nunca encontrou eco nos rituais. Manuel Guerra ouve atento. Por vezes espreita o empregado.

*Porquê então esta viagem a Israel?*

O escritor tem um tom de voz baixo, é preciso fazer um certo esforço para o entender. Parece que não quer ser ouvido.

*Quando eu tinha doze anos o meu tio-avô, que nunca conheci, mandou-me um pouco de sal do Mar Morto. E eu nunca me esqueci.*

*E por isso foi a correr para Israel?*

*Estou de férias, nunca tinha ido a Israel. Fui ver se havia lá alguma coisa para mim.*

*Mas o advogado do seu tio podia tratar de tudo, não era? Mandar o dinheiro por transferência bancária e assim.*

*Sim, mas era preciso vender a casa do meu tio e tratar do recheio da casa. Apeteceu-me ir.*

*Acontecem coisas em Israel.*

*Acontecem coisas em todo o lado.*

Sara prossegue o relato sem o olhar. Parece que manter o rosto para baixo torna o mundo mais quieto, mais seguro. Se continuar assim, talvez não vomite. Considera essa hipótese tão real quanto o barulho da máquina do café, a porta que guincha sempre que alguém entra, alguém sai, tão real quanto a juke box antiga que pisca luzes verdes, amarelas e vermelhas.

*Conte-me o resto.*

O avião sossega. A hospedeira exibe um sorriso ligeiro, impecável no uniforme colorido. Nenhum vestígio de medo. Os passageiros pedem água, perguntam se já passou, se vai voltar. Sara esforça-se para não vomitar. Até aterrar no aeroporto de Ben Gurion em Telavive, Sara procura manter os olhos fechados. Tem uma enorme vontade de ir à casa de banho, mas não se atreve. Quando chega à porta do avião, por fim, o corpo relaxa. A barriga inquieta, ainda.

Os soldados nas casinhas alinhadas da alfandega são excessivamente novos. Sara aguarda a sua vez. São quatro da manhã e o aeroporto está cheio de gente. É um sítio limpo, amplo, organizado. A mulher soldado pergunta

*What's the purpose of your visit?*

Podia-lhe contar a morte do tio-avô que não conheceu, mas decide-se por uma resposta típica de turista.

*What's this visa?*

*It's from Turkey.*

*What where you there for?*

*Turism.*

*Hum.*

O táxi segue veloz. Não há trânsito. Sara está atenta à velocidade. Não morreu num avião, não pode morrer num carro. Não é notícia, ri-se. Liga o telemóvel e com alívio vê o desenho do envelope a surgir no pequeno ecrã. Três mensagens. Não está sozinha. Madalena quer saber se correu tudo bem; o editor precisa de um contacto telefónico, talvez ela o tenha; o doutor Miguel pede desculpa mas terão de adiar a consulta para depois de dia 19. Sara prime as teclas sem olhar, rápida a enviar um SMS

*Cheguei bem, está tudo calmo. Bjs S*

The American Colony surge fracamente iluminado, dois seguranças à porta, as primeiras luzes do dia a nascerem. Sara está exausta. Na recepção o homem árabe dá-lhe a chave, um cabo para ter acesso à internet

*We have wireless all over the garden.*

O quarto é espaçoso, a cama gigante, a banheira de pés brancos, pintada de preto, o chão de mosaico. Sara tira a roupa e deixa-a no chão, senta-se na banheira e fica a ver a água a bater-lhe no corpo, as unhas dos pés pintadas de vermelho.

*Porque pintas as unhas dos pés se não usas sapatos abertos?*

*Porque gosto de ver. Para mim. É uma coisa egoísta, Cláudia.*

*Tu és muito estranha.*

*E tu não és nada estranha.*

Não faz a mais pequena ideia de como vai sobreviver a sete dias em Israel. O que veio fazer? Para quem e porquê? Não há as razões habituais do cardápio profissional. Certas decisões que tomamos são puras mentiras que tentamos impingir a nós próprios. Sara acredita nisso. Saber que uma parte da sua vida é uma falsidade que conta, é um dos seus trunfos. Se souber sempre distinguir a mentira da verdade, mesmo que em segredo, mesmo que só para si, não chega a ser má pessoa. Pode voltar a ser a Sara pequenina com os olhos atentos, alguém que acredita que a teoria da felicidade lhe tirará a hipótese de cometer erros por falta de tranquilidade.

A água está a ficar fria. Enrola-se no toalhão, o corpo húmido, e atira-se para a cama grande de lençóis brancos agarrada a uma almofada. Uma almofada que faz as vezes de um corpo qualquer. Sara queria, agora, um corpo qualquer para agarrar em silêncio. Sim, Manuel Guerra tem razão: ela padece de uma tristeza infinita, como uma doença, um vírus que corre no sangue, que se vê nos olhos, que se adivinha até no mais profundo do seu sexo. Adormece a chorar. Não tem alternativa.

*Vê? Até em Israel me lembrei de si.*

*Sinto-me honrado.*

*Não é caso para tanto.*

*Estava a ser sarcástico.*

*Eu sei. Nunca soube como se faz.*

*O quê?*

*O sarcasmo. É um talento que algumas pessoas têm, não é? Como há pouco, a naturalidade com que o disse. Há qualquer coisa de maldoso nisso.*

*A maldade escapa-nos.*

*Quer dizer que não se controla?*

*Sim, talvez. Hoje pratico menos.*

*Ainda bem.*

Por momentos ficam calados. Depois ela segue o seu relato. Sem o olhar. Apostada em contar uma história com o máximo de pormenores, como se isso correspondesse a alguma maldade.

Sara tece com vagar todos os aspectos da sua viagem. Até que ponto falo para ele? Interroga-se. Houve uma época em que os livros de Manuel Guerra justificavam tantos sentimentos. Quando o conheceu sofreu disto: a expectativa do encontro; a ideia do escritor se humanizar, se transformar em outro, mais próximo da literatura, da bondade que aí existe. Enganou-se, claro. O momento em que apontou a tristeza no rosto dela tornou-o irrecuperável. Sara lembra-se de ter pensado que ele era o anticristo. Agora, à mesa do café, no frio de Amesterdão, surge como um velho, um homem gasto. Um homem que a ouve. E há nisso uma gentileza inesperada.

Tinha combinado com o advogado almoçar no jardim do hotel por ser mais fácil. Disponibilizara-se para ir a Telavive, mas o advogado dissera

*Não vale a pena, eu tenho de ir a Jerusalém. Não levo mais de uma hora.*

Sara pede chá frio com hortelã enquanto espera. As mesas à volta do jardim estão cheias de árabes. Há dois casais de turistas a consultar um guia. Riem alto. Ao fundo, voltado para o centro do jardim, como que a dominá-lo, está um homem de gravata e fato que fuma cigarros sem interrupção. Tem os olhos azuis, o cabelo grisalho. Sara dispara: é um diplomata, um negociador, um agente secreto. Está na terra dos agentes secretos. Pelo menos é nisso que se acredita no Ocidente. Atrás do homem está um outro que Sara julga ser um guarda-costas. Está de pé, tem um telemóvel à cintura, um casaco largo que pode esconder seja o que for. Uma mulher loira, de fato cinzento e sapatos altos, atravessa o jardim na direcção do homem que fuma. Sara revê o seu guião: encontra-se aqui com a amante. São ambos casados. Têm filhos. Não vão viver juntos. São amantes. E a palavra enche-a de ternura. Olha-os com curiosidade. A mulher tira da pasta um papel e o homem lê e assina. Sara volta atrás. Não podem ser amantes.

*Sara?*

O advogado é bastante mais novo do que estava à espera. Tem um sorriso afável e aperta-lhe a mão com cuidado. É um homem grande.

*David Spiegel.*

*Prazer. Estou a beber chá frio. Quer tomar alguma coisa?*

*Um café turco. Aqui fazem-no bem.*

*Não aprecio. Não compreendo como se gosta das borras do café.*

*Fala muito bem inglês.*

*Obrigada.*

David pousa uma pasta na mesa. Sara percebe que não vai demorar muito tempo. É um homem com uma missão. Traz o testamento do tio-avô, uma tradução do mesmo em inglês, a certidão de óbito, papéis em hebraico.

*Está aqui tudo. Tem de assinar aqui e aqui. Já temos comprador para a casa. O seu tio não tinha muitos pertences.*

*Estou a ver. E agora?*

*Assim que a venda se efectivar transferimos o dinheiro para a sua conta. Para tal preciso dos dados que lhe pedi no email, o número da conta, o número do swift internacional e os dados do banco. É uma coisa simples. Vendemos a casa por trezentos e sessenta mil dólares como lhe tinha dito.*

*É muito dinheiro.*

*É dinheiro, Sara. Não é muito dinheiro. Permite-lhe ter uma segurança. Nunca se sabe.*

*É um homem prudente.*

*Sou advogado.*

*Pois. Gostava de ver a casa.*

*É longe. Em Nahariya. Depois de Haifa.*

*Eu sei, vi no mapa, perto da fronteira com o Líbano. Uma cidade fundada por uma colónia alemã.*

*Posso deixar-lhe as chaves, mas como vai até lá?*

*Vou alugar um carro. Há muitas coisas para ver.*

*Quanto tempo fica?*

*Uma semana. Posso deixar-lhe as chaves da casa aqui no hotel no próximo sábado?*

*Com certeza. Não tem problema. Na segunda-feira alguém virá cá buscá-las.*

*Obrigada.*

A piada é: vamos visitar Israel. Boa ideia. E o que fazemos da parte da tarde? O país é uma migalha entalada entre o Líbano, a Síria, a Jordânia e o Egipto. Sara aluga um carro sem dificuldade na Eldan, uma empresa local. Não repara em mais nada da senhora loira, apenas as unhas postiças de gel com brilhantes e duas cores. Fica a saber que o contrato de aluguer lhe permite viajar de norte a sul do país, mas não pode atravessar fronteiras.

*Nem mesmo com o pretexto de ir a Petra ver a cidade de pedra. Deixe o carro na fronteira e arranje transporte.*

*Não vou para sul. Vou para norte.*

*Bom, aí vai ver os olhos de Israel.*

*O que são?*

*As nossas bases militares nos montes Golã que olham por nós enquanto controlam a Síria e o Líbano. Mas não se assuste, é uma zona encantadora. Vá ver as vinhas dos montes Golã. O vinho é maravilhoso.*

Encontra a auto-estrada para o norte graças ao GPS, que, em inglês, a manda virar no sítio certo. O Mazda que alugou tem a particularidade de cheirar a alfazema. Sara achou-se dentro desse cheiro velho e perfumado e julga-se num sotão, no fundo de uma gaveta de roupa de cama. Abre as quatro janelas. O barulho é ensurdecedor.

*Estou na Terra de Israel.*

Manuel Guerra dispersou-se. Perdeu a atenção. Incapaz de se concentrar, olha a mulher à frente sem interesse. Por breves momentos. Está cansado.

*Não está interessado em nada disto.*

*Estou, por favor, continue.*

*Mas qual é o objectivo?*

*Nunca fui a Israel, estou curioso.*

Sara consente. Manuel surpreende-se com os seus gestos, a mão a alcançar a de Sara, um toque suave apenas, uma mão que pousa na outra por momentos. Encolhe o braço demasiado depressa. Parece-lhe ter sido demasiado depressa. Não é ele. Naquele momento, no café, a ouvir a jornalista perdida. Há um momento em que perdeu a indiferença que tinha optado por votar ao mundo. Estranha--se. Fixa a mulher que faz uma prelecção.

*Eretz Yisrael em hebreu, ou Filastin árabe, é uma chaga de Cristo, é um momento de má disposição de Deus.*

Ela sempre considerou as lutas religiosas como caprichos dos homens, injustificadas e cruéis, sustentadas por uma qualquer ideia de negócio. Judeus sionistas e árabes palestinianos reclamam e discutem entre si o estatuto de prioridade sobre a posse da terra numa interpretação diferente da História.

E é a História que legitima esta ideia de pretensa ao lugar. Para os judeus Israel é o retorno aos reinos hebraicos.

Sara ainda hoje retém as palavras da mãe e repete-as ao escritor que agora lhe empresta atenção.

*A destruição do segundo Templo de Salomão obrigou-nos a calcorrear o mundo. Originou a Diáspora. Todos sabemos que Israel é a nossa casa, mesmo que os gregos, os assírios, os romanos, os persas, os árabes, os cruzados, os bizantinos e os otomanos tenham por lá passado. É chão judeu. Sempre foi.*

Sara sabe estes números e outros, datas e factos de manual de História. Estudou afincadamente a região quando estava na faculdade. Era um pretexto para perceber as suas raízes. A mãe contara-lhe algumas coisas. Mostrara-lhe fotografias da chegada dos avôs às Caldas da Rainha. Manuel Guerra tenta acompanhá-la. De repente, a jornalista começou a debitar as palavras a uma velocidade que o perturba. Agarrado à chávena de café procura concentrar-se.

*Os meus avós vieram a pé da Polónia. A minha mãe dizia-me: «Sabes onde fica a Polónia? Olha bem para o mapa!» Eram novos, tiveram sorte. Escolheram Portugal porque sonhavam com a América. Depois ficaram por aqui. Tudo teria sido diferente se tivessem seguido viagem.*

Esta última frase assumia a tristeza dos sonhos por cumprir. A mãe de Sara era, sobretudo, isto: um acumular de dores minúsculas, camadas de sofrimento, com camadas de angústia, que se sobrepunham a tudo e que ela exibia com a legitimidade das vítimas de um holocausto.

*A dor da minha mãe era a dor do mundo. A de hoje e a de amanhã.*

Não havia retorno a uma ideia de felicidade e, até ao fim, era inverosímil, para Sara, que a mãe, aquela mãe, tivesse casado com a bonomia e paz de António, o arquitecto feliz. Manuel pensa em perguntar por mais familiares, mas Sara adianta-se.

*A minha mãe – chamava-se Raquel – era filha única e apostou-se apenas em sobreviver a uma gravidez.*

*É um período único de estranheza, de invasão do corpo.*

*Sim. Calculo que sim. Calculo também que só possa ima-ginar porque, sendo homem, a gravidez é toda uma outra coisa, não é?*

*Tem razão.*

Manuel Guerra sente-se repreendido. Apanhado em falta. Um escritor que se preze, com o estatuto dele, nunca se deixaria ficar por ali. Há tantos argumentos possíveis, cenários, possibilidades ensaísticas. Mas agora não lhe apetece. Não é agora: é o cancro que há nele.

*Estou a ficar frágil. Mole. Incapaz. A perder a dureza. Estou a chegar a um fim qualquer. Estou aqui e não estou. Este não sou eu.*

Os pensamentos ocorrem-lhe num turbilhão: ele é ele e a sua sombra, e é nela que melhor se vê o que so-brou da sua essência. Recrimina-se por ser autocen-trado. Volta a Sara, ao sorriso torto da Sara. Ela que agora exibe umas olheiras cinzentas. Ela que é uma judia sem o glamour do sofrimento judaico. Glamour. Manuel medita, mais uma vez, na palavra, nas palavras que lhe vão surgindo sem que ele tenha qualquer controlo, qual-quer decisão sobre elas. Não perdeu as palavras. Perdeu-se nelas. Deixou-lhes todo o poder.

Na adolescência, Sara não foi massacrada pela mãe com relatos sobre o nazismo. Raquel tinha uma forma peculiar de falar sobre o Horror. Aparecia sempre uma referência descabida, no meio de uma outra conversa. Era como um lembrete. Os pais de Raquel queriam, na essência, esquecer o que estava para trás. Raquel dizia

*O passado não é a tua identidade. Aprendi com os meus pais.*

Os preceitos judeus e toda a herança de um Deus que elegeu um povo passaram, por assim dizer, ao largo da infância e adolescência de Sara. Entrou na sinagoga de Lisboa a primeira vez aos doze anos. Tinha um vestido com renda inglesa nas mangas e na cintura. Há uma fotografia do momento. Uma pose esforçada. Vê-se no sorriso. Sara encheu-se de lágrimas, sentiu-se uma estrela americana. Era o seu bat mitzvah. A sua entrada na idade adulta, a sua nova consciência, o seu corpo a transformar-se numa comemoração do seu papel de mulher. Sara encarou a sinagoga a medo, a criança do mandamento, chamada a ler perante a assembleia. António sorria-lhe. Raquel não. No sorriso do pai, Sara construiu o suporte de toda a sua existência.

Nos dias que antecederam o bat mitzvah, António explicou o movimento sionista, a condição de ser judeu, a grande figura de David Ben Gurion. A grande história relatada ao almoço, o pai a desenhar na toalha de papel de um restaurante qualquer, a caneta em punho, uma figura de um soldado, a bandeira com a estrela de David, uma rua, um rosto.

*Mas, pai, se era Palestina não era terra dos palestinianos?*

António voltava ao princípio. O que não percebia, o que não fazia sentido era preenchido pelo enorme amor do pai e isso bastava como esclarecimento. Na verdade, Israel era pouco importante, era longe, um nome num mapa de papel. Hoje, Sara sabe que as pretensões dos palestinianos são a ligação às tribos dos cananeus e jebuseus, anteriores à ocupação hebraica. É esse o passado que lhes confere o direito à terra. E se *o passado não é a tua identidade*, como é que se guerreia em nome de Deus com base em séculos de História que não se viveu? António culpava a maldade europeia.

*Se o movimento anti-semita europeu não nos tivesse obrigado a procurar refúgio, um lar, quem sabe? Talvez a História fosse outra.*

Manuel pede desculpa e levanta-se. Na passagem para a casa de banho, encomenda duas sanduíches de queijo e mais café. O som da sua voz em inglês acaricia-o. A sua voz muda e quer ficar a pensar nisso, mas a cabeça de Sara vira-se na sua direcção. Há qualquer coisa de penoso nesta mulher. Ana Luísa gostaria dela. Ficaria bem ao lado de Rodrigo.

*Ainda não percebi se gostou de Israel.*

*É diferente do que se vê na televisão.*

*Tudo é. A televisão tem essa perversidade. Muda, transforma e relata uma verdade que é apenas a verdade da imagem. Não corresponde à vida.*

*Israel sempre foi, para mim, sinónimo de guerra.*

*Quando se quer paz, fatalmente, passamos pela guerra.*

*Fatalmente? Parece-me muito exigente essa noção.*

*Talvez.*

Deus virou as costas a tudo isso. Manuel pondera se valeria a pena acrescentar essa ideia, não tão exigente, porém pessimista. Sara iria apreender o cliché com facilidade. Manuel sorri para si. Um sorriso ligeiro. As palavras tomam, mais uma vez, conta de tudo. Sem serem filtradas. Sem serem balizadas. Sara conta que aos doze anos viu as imagens na televisão: a invasão israelita ao Líbano. Estudante da faculdade debateu a guerra do Golfo em 1991. Já jornalista escreveu sobre o assassinato de Ytzhak Rabin, sobre o cerco ao quartel-general de Yasser Arafat, em Ramallah.

*Pai, já pensaste que o contrário de paz é mesmo a guerra? Não há outra palavra. Em Israel não há paz.*

*Não há paz em lado nenhum, Sara. Paz é uma meta interior, individual. É um objectivo demasiado ambicioso para um país. Mas há actos que simbolizam a procura pela paz.*

António, o pai de Sara, empolgava-se com a importância da plantação de árvores, do programa educacional judeu que promovia a plantação de árvores. Citava Ben Gurion, em 1949, com gestos musicais como se as palavras fossem uma sinfonia e ele o maestro.

*«De todos os actos abençoados em que este país está empenhado, não sei qual o mais frutuoso, cujos resultados sejam tão úteis como o da plantação de árvores (Tu Bitzvah), já que estas trazem beleza ao nosso país, melhoram o seu clima e contribuem para a saúde dos seus habitantes.»*

Manuel reconhece todos os sinais. Sabe que as árvores representam o vingar dos judeus num terreno pouco arável. Sabe também, de cor, a passagem da Bíblia: «Quando chegardes à Terra, plantareis todos os tipos de árvores» (Levítico 19:2-3).

Conduzindo devagar, com as janelas abertas para fugir ao tal cheiro a alfazema, ela vê a paisagem verde, luxuriante. Alegra-se com isso. Percebe que essa é também uma luta. A plantação de árvores é o símbolo de participação do indivíduo no projecto nacional de redenção, tinha lido algures. No site oficial do Parlamento israelita, Sara descobriu que qualquer pessoa pode plantar uma árvore virtual, comprometendo-se a plantar uma árvore real em terra israelita. Quando acedeu à página, sorriu com a ideia. Podia plantar uma oliveira. Mais uma. Nunca plantara nada. Nunca construira nada. O pai dizia-lhe

*Constrói um casa. Se construíres uma casa, estarás sempre segura.*

*Mas eu não sei construir uma casa, pai.*

*Pois não, mas sabes fazer amigos, não sabes? Um amigo é uma casa. Se tiveres muitos amigos, terás muitas casas e nunca estarás sozinha.*

Recordar essa troca de palavras era, de momento, a agonia que tentava evitar. Porque sabia que tinha falhado nesse projecto de construção. Falhara ao pai. Encara a viagem como um pedido de desculpas. E é também por isso que quer ver a casa do tio-avô, um homem que nunca conheceu mas que lhe mandou um pouco de sal do ponto mais baixo do planeta Terra, sal num frasco banal que ela perdeu numa qualquer mudança de casa, talvez depois do internamento permanente da mãe. Neste momento Sara gostaria de ter esse frasco. Decide que depois de Nahariya, irá quatrocentos e oito metros abaixo da superfície ver esse imenso sal que lhe falta. Quando o GPS anuncia a saída para o seu destino Sara sente que as lágrimas secam com demasiada rapidez, aqui o calor não permite desgostos.

Nahariya parece uma cidade de praia comum, como alguns aldeamentos em Portugal. Sara não sabe o que está ali a fazer. As vivendas têm jardins cuidados. Há crianças a brincar num parque infantil, escorregas coloridos, baloiços promissores. Decide procurar a casa do tio-avô. Junto à praia, admira-se com as cancelas de entrada. Pagar para ir à praia é estranho e inesperado.

*É para isso que aqui vim.*

É uma moradia de um único piso. No portão está uma placa a dizer cuidado com o cão em hebraico. Deve ser isso, porque a imagem do cão preto com os dentes arreganhados não engana. Sara experimenta as chaves e entra para o pátio onde uma bandeira israelita está abandonada numa haste curta. Há um silêncio estranho. A porta principal é de madeira escura e quando a casa, por fim, se mostra, está uma luz brilhante e prazenteira que convida a entrar. O advogado tinha razão, não há muita coisa. Na parede da sala, junto à televisão de outros tempos, está um quadro com a declaração – em hebraico e em inglês – de independência da Estado.

*«A Terra de Israel foi o local de nascimento do povo Judeu. Aqui ganhou forma a sua identidade espiritual, religiosa e política. Aqui começou por atingir a sua forma de Estado, criou valores culturais de significância nacional e universal [...]. Depois de serem forçados ao exílio da sua terra o povo manteve a sua fé por toda a Diáspora e nunca deixou de rezar e ansiar pelo retorno. Por virtude dos nossos direitos históricos e naturais aqui declaramos o estabelecimento de um Estado judeu na Terra de Israel.»*

Sara não se reconhece neste orgulho nacionalista, não se entende primeiramente como judia, não colocaria um quadro destes em casa. Sentada na poltrona do tio, com o comando da televisão na mão, não entende nada do que as imagens lhe devolvem, não fala hebraico, não está em casa. Procura com os olhos uma atracção, algo que a faça mexer dali. Nada lhe é familiar. Alguém tapou os móveis com lençóis. Shiva. Sara começa a destapar as coisas com curiosidade: o sofá com cornucópias castanhas, coçado do lado esquerdo, mais perto da televisão; uma mesa de madeira escura com os pés trabalhados; seis cadeiras com estofo vermelho sangue; um quadro abstrato sem interesse; um armário alto, uma vitrina que guarda copos coloridos, uma garrafa de cristal, uma taça de vidro martelado; a poltrona de pele preta com um pousa-pés a condizer; um aparador banal; um menorá sem brilho. Se a história de um homem fosse o equivalente ao recheio da casa, o tio-avô teria sido um indivíduo espartano, sóbrio, discreto, sem imaginação, sem pretensões. Sara fixa-se nessa palavra. Pretensões. Di-la para a entender melhor. O despojamento nunca foi o seu forte. Gosta de feiras, de coleccionar objectos inúteis, coisas que são apenas coisas, atraentes por serem belas. Abre as gavetas de uma escrivaninha, papéis em hebraico, cartas do banco, cartões de visita, clipes, lápis amarelos com borracha na ponta, um afia de metal. Por instinto pega no afia. Lembra-lhe a escola, o terror de o perder. A voz da mãe no fundo da memória.

*Se perderes o material escolar, já sabes, tens de te desenvencilhar, não te compro mais nada.*

No corredor para os quartos há um mosaico de fotografias. Molduras pretas, castanhas, metálicas, douradas, sem critério. Sara examina os rostos, os cenários. Um retrato de um jovem em farda, a sorrir, sem fazer pose. Talvez seja o tio-avô. Uma fotografia de um casal de noivos.

Outra com uma mulher a fumar um cigarro junto ao mar. Rostos para os quais alguém escreveu uma história. Por vezes, em momentos mais animados, Sara desenvolve a teoria de um Deus que tem um grupo de escribas ao serviço.

*Imaginem, uma sala enorme onde um grupo de pessoas escreve as nossas histórias. Deus coordena o projecto e de cada computador sai a vida de cada um de nós. Há tantos escritores quanto pessoas e é quando dormimos que eles dormem. E sonhamos o que eles sonham, porque estão presos a nós, escrevem-nos e apenas existem enquanto nos escrevem.*

As fotografias mais recentes mostram grupos de velhos em viagem. Deduz que o tio tinha amigos com quem convivia, com quem ia à praia, jogava às cartas, trocava prendas e confidências. Talvez sejam velhos excêntricos que partilham memórias europeias, que vão nadar ao amanhecer, faça frio, faça calor, com o mesmo desplante com que sobreviveram a outras coisas. Ser-se judeu é também isso. Sara sabe. Sobreviver.

*O seu tio tinha um amigo que trabalhava para Simon Wisensthal, o caça nazis. Era o meu marido.*

Sara assusta-se, fica gelada, o coração a pulsar na garganta, no peito, na cabeça.
Não está à espera de ninguém.

*Deixou a porta aberta. Sou Judith, a vizinha.*

*Sara.*

*Eu sei. A minha filha e o meu genro compraram a casa. Para ficarmos mais próximos. Desculpe ter entrado assim.*

*Não faz mal.*

*O seu tio era um homem bom. Sempre tive um fraco por ele. Desde muito cedo. Mas casei com o seu melhor amigo. Era mais misterioso.*

*O caça nazis.*

*Sim.*

Judith ri-se devagar. É uma senhora com mais de setenta anos, o cabelo curto pintado de loiro, as unhas cuidadas, a roupa desportiva. É uma mulher bonita, ainda hoje. Tem uma forma peculiar de andar, um pé primeiro, o corpo todo avança e só depois o segundo pé, muito vagaroso, como se estivesse atrasado. Faz lembrar um desenho animado. O seu inglês tem um sotaque cerrado de alguém de Leste. Judith veio com dezoito anos para Israel, directa da Checoslováquia. Toda a família partiu para os Estados Unidos da América, mas ela apaixonou-se e seguiu o seu homem. Fez o serviço militar, vinte e um meses de treino e casou. Quando se instalou em Nahariya o marido começou a viajar, a caçar nazis. O tio de Sara era a sua companhia permanente. Estava sempre em casa. Os dois homens pertenciam à mesma unidade militar e, até aos quarenta e cinco anos, tinham mantido essa relação com o exército. Gostavam desses dias. Voltavam atrás no tempo, eram jovens outra vez.

*Devia ter conhecido o seu tio.*

*Sim, e o seu marido. Aposto que tinha coisas interessantes para contar.*

*Sim, interessantes, tristes, obsessivas. Os homens e a guerra, a vingança e o pouco futuro. Morremos todos, sabe? O seu tio dizia que quando morresse não queria ir sozinho e não foi.*

*Como assim?*

*Morreu com o cão. Os dois no mesmo dia. De cansaço, penso. Já não lhes apetecia. Quis enterrá-los juntos, mas não me deixaram. Tratei de tudo.*

*Obrigada.*

*Deixei uma tarefa para si.*

*Ah, qual?*

*Tem de contratar alguém para dizer o kaddish.*

*O kaddish?*

*Sim, a oração fúnebre. Tem de ser dita por um homem durante um ano todos os dias.*

*Eu sei o que é, mas nunca percebi para que serve...*

*É a tradição, é o que vai ajudar o seu tio a encontrar Deus.*

*E onde contrato um homem para dizer o kaddish?*

*Na sinagoga. Vou consigo. Podia ter tratado de tudo, mas achei que era melhor ser alguém da família e quando o advogado me ligou a dizer que a Sara vinha cá, fiquei à espera. Estou à espera há sete dias.*

De repente, Sara sente-se culpada. Segue Judith até à casa do lado, admira as máscaras africanas e a biblioteca gigante. Parece que cada canto da casa é composto de livros, um labirinto de volumes que se organiza como se fosse mobília.

*Fui professora. Gosto de ler. Hoje menos, não me consigo concentrar. É triste quando deixamos de ler. É como desistir de viajar dentro de nós.*

No caminho para a sinagoga mais próxima, Sara admira o sossego do local, os poucos carros, as famílias a caminho da praia, a animação nas ruas. Um casal ri no passeio e a mulher dobra-se com o poder da gargalhada. O homem aproxima-se, pega-lhe na mão e limpa-lhe aquilo que Sara acredita ser uma lágrima de tanto rir. Se a inveja matasse. Judith conduz com algum nervosismo, o carro amarelo a percorrer as ruas com pressa. Em frente à sinagoga, suspira. Sara gostaria de voltar atrás, de conhecer o casal que ri e que se abraça na rua.

*Aqui estamos.*

Sara apresenta-se ao rabi. Ele pousa o indicador metálico, o yad que percorre o livro permitindo ficar intocável, longe das coisas dos homens. Estava a estudar, parece dizer. As mãos tocam-se ao de leve. Admira o templo enquanto Judith fala em hebraico coisas outras, palavras estranhas, talvez a comentar a sua atitude, a revelar ao rabi que ela destapara os móveis, as fotografias. A pureza do templo coloca-a no sítio, não é uma igreja, o discurso estético para promover a fé. Uma sinagoga é um local de encontro, não perdeu essa característica primitiva. O rabi tem mais de setenta anos, umas mãos que gesticulam muito, uns olhos azuis baços que a incomodam. Judith parece animada com a conversa. Sara imagina facilmente o tio-avô ali sentado. Seria muito religioso? Tanta coisa que não sabe. Volta atrás: saber não é tudo; entender não é obrigatório. As palavras do pai acompanham-na mais uma vez um corrimão de sabedoria que a ampara. A juventude dá-nos a arrogância de querer saber, de julgar saber, de todas as certezas e afirmações categóricas. Sara não foi excepção. Agora nada lhe parece definitivo. Senta-se no banco de pedra junto à porta. Tem um certo frio. Os templos, as igrejas, as mesquitas, todos os locais de culto que visitou, dão-lhe um frio terrível que entra nos ossos. Abraça-se enquanto espera que o rabi e Judith terminem a conversa. As lágrimas espreitam inesperadas. Noutra altura julgar-se-ia ridícula, agora só gostaria que alguém a abraçasse. Ner Tamid, a lâmpada da luz divina junto à arca da aliança, olha-a sem castigo.

Por fim, comunicam-lhe num inglês roufenho a quantia que deve pagar para assegurar o kaddish diário, uma quantia em shekel. A religião nunca deixará de ser, também, uma questão de dinheiro. Sara recompõe-se. Com os óculos escuros na cara faz a conversão para euros. Procura na mochila a carteira, dobra as notas com pudor. Judith pega no dinheiro e dá-o ao rabi.

*De que fala o kaddish? É dito em aramaico, não é? Há uma tradução? Do que fala?*

O rabi olha-a com espanto. Faz um reparo para Judith e esta encolhe os ombros. Sara é uma menina pequena outra vez. Terá sido, porventura, inconveniente?

Não pergunta mais nada. No carro Judith explica que o rabi não tem qualquer tradução, que as pessoas não questionam a tradição, dizem a oração e mais nada. É o costume.

*O kaddish é a forma de pedirmos a Deus protecção na morte. Acho eu.*

Sara olha pela janela. Cerra os olhos. Durante um ano pedir-se-á a Deus, a troco de dinheiro, que ele olhe pelo tio, que o leve para um sítio melhor, um lugar de ascensão confortável. Quem o terá protegido em vida? Quem dirá o kaddish? Um judeu ortodoxo, um haredim com crenças seculares? O rabi? Um homem. São preciso dez para celebrar um serviço religioso. A tradição manda que seja um homem. Há coisas que não são para entender, repete para si.

*O meu tio era feliz? Quer dizer, viveu bem...*

*Era um homem satisfeito com a vida.*

*Isso é bom. Temia que fosse um homem amargo.*

*Também o era às vezes. Mas o meu marido era pior.*

*Eram muito amigos?*

*Os melhores amigos. Fizeram três anos de serviço militar juntos. Eram amigos para a vida. O meu marido sofria com o que investigava.*

*Sobre o Holocausto?*

*Sim. Era um trabalho árduo. Não era um homem de campo, desses que se vêem nos filmes, era um rato de biblioteca que pesquisa, comparava, lia, analisava e descobria fios a meadas intrincadas. Era o melhor. Wisensthal dizia sempre isso.*

*E o meu tio? O que fazia?*

*O seu tio tinha negócios com alguns kibbutz e com as vinhas aqui dos montes Golã. Temos muito bom vinho.*

*Ouvi dizer que sim.*

*Hoje à noite abrimos uma garrafa, sim?*

É assim convidada para jantar em casa de Judith com os filhos. Não tem força para recusar. Uma refeição em família é um programa estranho, tentador. Ajuda Judith a pôr a mesa enquanto a ouve. Fala do marido. Das pesquisas, da condição de se ser judeu sobrevivente, dos primeiros tempos em Nahariya, uma colónia de alemães, judeus a fugir do nazi, judeus com histórias de perda e de morte, de medo e de susto.

*Às vezes acho que cultivamos esta dor, todas as dores da nossa História.*

*Não, Sara. A dor é aquilo que somos, não se pode cultivar, está em nós. Tem que ver com a natureza. Aquilo que somos na essência.*

*Gostava de ter essa certeza.*

*É muito jovem.*

*Já não sou tão jovem assim.*

A quantidade de saladas na mesa corrida é sur-preendente. A mesa está cheia de pratos com beterraba, húmus, pimentos, grão, pasta de atum, salmão fumado… Sara quase que se comove quando percebe que o prato principal é semelhante a um cozido à portuguesa.

*É um prato típico da Checoslováquia, aprendi com a minha avó. A carne de vaca cozida com as couves e a cenoura.*

*Em Portugal colocam-se enchidos de porco.*

*Aqui somos judeus.*

Sara pequena, mais pequena. Outra vez. Quando os filhos e os genros chegam, a casa enche-se de uma alga-

raviada hebraica que Sara nem procura entender. Limita-
-se a estender a mão, a sorrir, a dizer o nome. Nunca deveria ter aceitado o convite para jantar. A filha mais velha,
a nova proprietária da casa do tio, tenta fazer conversa
num inglês paupérrimo. Sara percebe o esforço da jovem
mulher. Está grávida do segundo filho. O primeiro faz de
rei da casa, saltando de colo em colo, rindo e gritando,
metendo as mãos nos pratos com gosto.

*Ele gosta de comer.*

*Parece um menino feliz. Quando nasce o irmão? A sua mãe
disse-me que é outro rapaz.*

*Sim. Daqui a três meses. Espero conseguir mudar para a
casa que era do seu tio antes disso.*

*Li numa revista que as mulheres têm tendência para pre-
parar o ninho quando estão à espera de um bebé.*

*Sim, acho que é verdade. Estamos muito felizes com a ideia
da casa nova.*

*Tenho a certeza de que o meu tio gostaria de saber que fica-
ram com a casa, que ficam perto de Judith.*

*Sim, o seu tio gostava muito de nós. Sentimos muito a sua falta.*

Sara pensa que não pode dizer o mesmo. O tio-avô, irmão do avô, esse desconhecido que lhe deixou tudo. Faria mais sentido ter deixado tudo a esta família de empréstimo.

*Judith, porque é que o meu tio nunca se casou?*

*Não calhou, não quis. Na verdade, durante muito tempo, tentámos arranjar um par para o seu tio, mas nunca tivemos sucesso. Ele era um homem só. Sabe que não tinha uma perna?*

*Não, não sabia.*

*Perdeu a perna durante o serviço militar, na Guerra dos Seis Dias. Dizia que uma mulher não queria um homem que não dava para dançar.*

A mesa ri-se com gosto e Sara acompanha-os, apesar de se sentir a sucumbir de tristeza. Depois dos doces desculpa-se com a viagem de regresso a Jerusalém. Judith acompanha-a à porta. Tem um casaco sobre os ombros, a temperatura tinha descido.

*Já viu o Muro?*

*Não, não vi nada da cidade velha.*

*É importante que vá.*

*Irei. Judith, obrigada por tudo.*

*Sim. Adeus.*

A viagem de carro deixou-a cansada. Dorme até tarde, perde o pequeno-almoço. Pede *room service* e os jornais em inglês. Lê sobre o Hamas, a construção polémica do muro de contenção em torno de toda a Cisjordânia, a quebra de oitenta por cento de bombistas suicidas como justificativa para um muro que alguns ocidentais crêem ser outra mostra vergonhosa, uma prática desumana. Um artigo de opinião debate a questão da discriminação nas escolas nacionais. «Segundo um relatório da Watch, o Estado discrimina o ensino árabe, disponibilizando mais e melhor material escolar às escolas judaicas.» Mais adiante, outro cronista insurgia-se contra o Tribunal Internacional de Justiça, reforçando assim a decisão israelita de 1985 de ignorar a sua jurisdição, mantendo, apesar disso, relações diplomáticas com mais de cento e sessenta países. A última notícia que lê é sobre o programa espacial israelita.

Sara considera se deve ir ver o muro (qual deles? O novo da vergonha? o antigo das lamentações?), se a pobreza de Jericó, se o Forte de Masada. O carro alugado espera por ela. Paciente. Ela vê o mapa. Coloca as coordenadas no GPS, agora com maior facilidade. Decide-se por Masada e o deserto do Negueve. Conduz sempre na faixa da direita, sem pressa. Vê beduínos e os seus acampamentos, pedaços de chapa e cartão que compõem as casotas baixas. Os beduínos têm muitos filhos, mais do que uma mulher. Vivem neste estado de pobreza, nesta errância estranha, mas usam telemóvel e a comprová-lo, ali está, um homem andrajoso com o novo modelo da Nokia em punho. Sara vê-o distintamente. O carro de trás buzina, impaciente, indignado com a lentidão, e ela segue viagem. Gostaria de ter parado, de ter feito perguntas. Nestes momentos a sua pele transforma-se num grande envelope jornalístico, uma esponja, pronta para receber tudo, para absorver, mesmo que deixando a marca, a mancha, a sujidade. Hoje sabe que o jornalismo, mesmo o de qualidade, não é a verdade, um estado mais puro de alerta ao mundo. O mundo não se importa com a verdade. Sara percebeu isso tarde.

A paisagem torna-se quase lunar e quando chega ao Forte de Masada, admira-se que as montanhas do outro lado do Mar Morto, na Jordânia, sejam azuis. Está peganhenta de suor, mas não quer desistir. Respira com alguma dificuldade. Aproveita a subida no teleférico para tirar fotografias. São quatrocentos e quarenta metros acima das margens do Mar Morto. É um sítio que podia ser o princípio do mundo. Ou o fim. Aqui mil judeus resistiram durante dois anos. Em condições infames, cercados por romanos, teimaram na sobrevivência. Os romanos permaneceram vigilantes, construíram uma rampa ao lado da montanha para melhor atacarem. Depois construíram uma torre. Os judeus optaram por uma muralha interior para se defenderem, mas compreenderam que a derrota estava iminente Para não serem capturados optaram pela morte. Hoje o exército israelita tem como divisa: Masada não voltará a cair. Sara senta-se contra um muro onde persiste uma nesga de sombra.

*Eram muito religiosos e, por isso, não se tratou de um suicídio colectivo, apenas um se suicidou. Os outros mataram-se uns aos outros até só restar um.*

O guia deve fazer esta excursão há muito tempo. Sara junta-se ao grupo discretamente. O guia percebe e sorri-lhe. Em francês e inglês vai explicando alternadamente para a sua audiência os feitos de Herodes, *o Grande*. O Palácio Suspenso com os seus três níveis, o *calidarium*, os banhos quentes, a sinagoga mais antiga do mundo, os bancos de pedra construídos pelos judeus zelotes. E ainda a enorme cisterna no sopé da montanha, o sistema intrincado de represas e canais que recolhiam a chuva, o Portão da Água que assinala o caminho para os reservatórios. Junto à muralha ocidental, Sara admira o columbário, os nichos para as urnas funerárias, a morte a espreitar outra vez. O guia desfia a história como uma velha que faz croché, sem olhar para o ponto, as agulhas velozes. É uma repetição da repetição e é nessa repetição que o passado se reencontra com aqueles que anseiam saber mais sobre o presente, para menos temerem o futuro. Sara é generosa na gorjeta que dá discretamente ao guia. O homem sorri, agradado.

*Pode vir connosco ao SPA do Mar Morto, vamos fazer banhos de lama.*

*Obrigada. Não tenho a certeza de querer mergulhar em tanto sal.*

*É divertido. E, não importa a nacionalidade, podemos sempre ouvir a mesma piada.*

*Que é?*

*As pessoas tomam banho, fingem ler o jornal e alguém grita: tubarão!*

Riem-se os dois sem grande vontade. Ela porque não achou graça, ele porque já não a vê. Ficam ali uns segundos. Sem nada mais a dizer, sem nada a fazer. É constrangedor. Para os dois.

*Até qualquer dia.*

*Lehitraot.\**

Sara sente-se sozinha na cidade velha. É o terceiro

\*Adeus

dia que por aqui anda, sem planos. Entra num cybercafé para beber água. Lembra-se de Madalena e decide escrever-lhe. Compra quinze minutos de tempo cibernáutico.

*Israel tem uma cor de terra, verde e deserto, as enormes montanhas azuis da Jordânia. No Forte de Masada ficas a olhar para o Mar Morto, o ponto mais baixo do planeta, e perdes a ideia que tens de ti própria na reverberação do Sol medonho. Não há nada que te faça lembrar a guerra. Não há nada que te faça pensar em paz. É estranho. Aqui percebes que a cultura de risco assenta na ideia de que não vale a pena festejar a vida, porque a morte é inadiável. O nascimento das religiões é isso. E também percebes que a guerra faz parte da condição humana. Perto de Jerusalém, entre bairros pobres e ricos, ortodoxos e judeus modernos, há o muro que separa a Palestina dos israelitas. E quem são os israelitas? São árabes, muçulmanos, cristãos, judeus, drusos, gregos ortodoxos e arménios. Uma miscelânea sem fim, uma salada de gente e cultura que faz com que o país, sendo novo, seja velho em tradições e costumes, porque as gentes vieram da Rússia, da Polónia, da antiga Checoslováquia, da Alemanha, dos Estados Unidos. O fio que os une é o de uma fé, de um sítio anunciado. Um pedaço de terra, entre a Síria, o Líbano, a Jordânia e o Egipto, vizinhos alerta. Entre os políticos e os religiosos, o povo mexe-se e convive sem demoras e sem guerras, judeus e árabes tudo misturado. Sem conflitos. Ouço judeus a misturarem expressões árabes nas frases em hebraico. Na antiga cidade de Jerusalém, nas muralhas antigas, vi a maravilhosa cúpula da* rocha de Haram esh-Sharif, mas não vi mais nada porque entrei na porta errada. Ou melhor, quis entrar e não me deixaram. Gostaria de ver os azulejos decorados com os versos do Corão que falam da viagem nocturna de Maomé. Talvez amanhã. Fiz a Via Dolorosa que Cristo percorreu com a cruz. Cinquenta quilos de cruz. Ruas estreitas, pedras velhas. Os sítios onde caiu, onde quase desistiu. São catorze as estações da cruz, o mapa da dor. Chegas ao monte Gólgota, ao Santo Sepulcro e nada te parece real porque as construções foram-se sucedendo no tempo e o moderno mata qualquer sentimento original. Consegues imaginar a dor e o sangue de Cristo nas pedras das ruas, nas paredes onde se terá amparado, uma mão a pedir ajuda. No Santo Sepulcro não sentes nada. Eu não senti nada. As pessoas beijam uma laje que foi ali colocada no princípio do século XIX. Beijam a laje como se ela fosse o local exacto onde o corpo de Cristo foi depositado. Não acredito. As diferentes Igrejas de índole cristã disputam o espaço do Santo Sepulcro, há uma custódia repartida, como se o espaço fosse uma criança e as igrejas os seus pais separados. Chamam-lhe Status Quo. Para que não haja lutas e desavenças as chaves do Santo Sepulcro, duas chaves, foram entregues a duas famílias muçulmanas há novecentos anos. Todos os dias, às cinco da manhã, abrem a porta velha e vão à sua vida, deixando os peregrinos e os padres fazerem a sua. Regressam às sete e fecham a igreja da discórdia.

É aqui também que se crê estar o Centro do Mundo, simbolizado por uma bacia com água. Olhei-a longamente e, aí sim, senti que perante aquela bacia tosca, de pedra velha, podia estar uma ideia maior que o Homem. O centro do mundo deveria con-

153

centrar tudo o que temos de melhor. Os turistas acotovelavam-se para ver. Os franciscanos cantavam qualquer coisa. E eu fiquei ali. Queria tanto entender.

Para o Muro das Lamentações, passas o bairro muçulmano e entras no bairro judeu. A velha cidade divide-se em quatro lados, judeu, muçulmano, arménio e cristão. Os dois metros que separam a parte muçulmana da parte judia são como uma barreira de filme de ficção científica, de repente estás no souk árabe, crianças na rua descalças, fruta a ser vendida e lenços coloridos, homens que fumam; dois metros à frente estás na limpeza e ordem de um bairro judeu que tem apenas a particularidade de estar repleto de ortodoxos com os seus chapéus pretos e fatos antigos. A limpeza é estranha. Passas o detector de metais, os soldados são novíssimos e olham para ti com uma velhice e sabedoria próprias. Chegas ao Muro. Homens do lado esquerdo com os kippa na cabeça, mulheres do lado direito. As mulheres são muito novas. Andam de trás para a frente, de trás para a frente e enfiam o rosto no «Livro das Lamentações» e não lêem, debitam, e é um choro constante que impressiona e arrepia. Os cânticos fúnebres, kinot, enchem-me os olhos de lágrimas. Lembro-me da minha mãe. Saio da zona do Muro às arrecuas, para não ofender a Deus. Deixo um recado no Muro. Trabalhei nele uma noite inteira. Não sabia o que dizer. Escrevi: Perdoa-me, devolve-me a paz que tinha quando estava no teu regaço, no seio da minha mãe. Deixa-me. Encontra-me. Não posso continuar assim. Ouve-me hoje. Ajuda-me amanhã. Não sei se acredito. Não te minto. Mas hoje ouve o meu coração e junta-o ao teu.

Há milhares de pequenos papéis colocados entre as pedras

*que restam do grande túmulo. Imagino o que dizem, o que pedem. Acredito que o meu recado no grande templo não faça diferença. Deus na sua infinita misericórdia talvez o leia e depois, num gesto solene, colocará o meu pedido, a minha folha arrancada do bloco do Moleskine numa gaveta profunda. Na categoria dos egoístas. Vejo um pombo a pousar no muro e pressinto a sua indiferença. Ao meu lado esquerdo uma jovem mulher reza alto, balança o corpo com alguma violência, parece uma boneca, um saco de boxe a ser sacudido. É hipnotizante. Podes ficar ali horas. Não percebes aquela entrega, nem aquela solidão. A tua fé não chega para aquilo. O Sol está medonho e dá vontade de chorar.*

*Nesse dia, depois de ter passado a tarde em Jericó na Palestina – crianças e mulheres a brincar dentro de um riacho mínimo, um dos pouco cursos de água que Israel não desviou (e a luta pela água é quase tão poderosa quanto a luta por Deus) entro no túmulo de Lázaro, uma caverna na rocha, a humidade a crescer no meu nariz, um cheiro intenso. É o único momento em que me sinto próxima da História. O velho que me abre a porta, com uma chave cheia de ferrugem, é tão velho quanto Cristo. Não sei mais agora. Tenho de terminar, o meu tempo de utilização do computador acabou. Podia contar mais. Ainda não é o momento. Aqui não consigo ser só a jornalista. Madalena, não sei o que vim aqui fazer. Espero que estejas bem, beijo-te do fundo do mundo. Sara*

Não lê o que escreve. Carrega na tecla que envia misteriosamente as suas palavras até Portugal. Percebe que escreveu por necessidade, para si. Nunca imaginou o rosto da amiga. Ri-se baixinho. Madalena é um nome que em Jerusalém toma outra proporção. A «Viúva» nunca saberia viver com esse tipo de responsabilidade.

Sara observa com atenção as fotografias expostas no cybercafé. Há uma que lhe chama a atenção, um grupo de uma dezena de pessoas que exibe um sorriso imenso. Estão numa zona do Cardo. Sara identifica com uma dose de satisfação pessoal a rua principal de Jerusalém bizantina. O empregado atrás do balcão percebe o foco de interesse dela, segue-lhe o olhar.

*São americanos. Um deles esteve a viver em minha casa durante um mês num intercâmbio. Depois desenvolveu uma doença estúpida.*

*Uma doença?*

*Aquilo a que se chama a síndrome de Jerusalém.*

Sara sabe o que é: uma espécie de psicose que atinge alguns peregrinos na Terra Santa. Num gesto repentino de loucura, as vítimas crêem-se profetas. Algumas passeiam-se com a Bíblia, recitam e incitam os turistas a seguir o livro. Não são casos raros, como se poderia imaginar. Sara lera na internet que se trata de um fenómeno que atinge, em média, cem turistas por ano. A solução ou a cura passa pelo abandono da Terra Santa. São deportados por excesso de fé. São exilados para entende-rem melhor à distância a sua condição simples e mortal.

*Em 1969, um tipo australiano ateou fogo à mesquita de al-Aqsa. Dizia o homem que era um emissário de Deus. Talvez fosse. No Corão não se fala de Jerusalém, não sei por que é que vieram cá parar.*

E o homem prolonga-se nos comentários racistas. Fala de al-Aqsa sem reconhecer a sua existência no mapa da espiritualidade. A sua insistência aborrece Sara que termina o granizado de limão com rapidez. Não viu al-Aqsa, não deseja aliar-se a este homem que limpa o balcão enquanto destila maldade. A mesquita data do século XVIII, tem alguns legados feitos por Benito Mussolini e albergou os Templários. É tudo o que Sara sabe. Despacha o pagamento e despede-se em português, com ressentimento.

*Até nunca.*

Manuel consegue imaginar as ruas, o calor abrasador. A descrição de Sara é tão rica que quase consegue um impulso de uma história. Ela descreve o grupo de peregrinos italianos em Jerusalém à sua frente. Fazem a Via Sacra com uma cruz que não deve ter mais de um metro. Compensam a falta de castigo corporal com o furor com que rezam. Não aguenta mais. Foge ao souk el-Dab-bagha pela Rua Muristan e na Rua David chega à Porta de Jafa. Sara percebe que está pronta para regressar a casa. Fazer as malas e enfrentar a sua vida em Lisboa. Não é ali que terá uma visão do seu futuro, uma chave qualquer que a faça compreender melhor o mundo e o seu papel. O que ser? Como ser? Em que gaveta encontrar o grão de mostarda que fará a diferença?

*Quando é suposto começar a ouvir a voz de Deus? Pensar tornou-se uma tortura. Não pensar não é uma possibilidade.*

*Sara desconsidera-se.*

*É fácil fazê-lo. E não sabe o resto da história. Mete sexo.*

*Tudo mete sexo. E não é de agora, dos dias de hoje, como se diz. É de sempre.*

*Os seus livros não falam de sexo.*

*Claro que falam.*

*Não me lembro.*

*Os meus livros falam sobre...*

*Sim, a condição humana.*

*Isso é uma merda.*

*É?*

*Sim. Conte-me o resto.*

*O resto não importa. Vim aqui parar e amanhã vou para Lisboa.*

*Disse-me que metia sexo e eu estou velho, anima-me saber que me vai fazer confidências porcas.*

*Porcas?*

*Disse-o para a irritar.*

*Não me irrita.*

*É pena. Conte lá.*

De regresso ao hotel, aproveita o recanto do jardim para beber mais um chá gelado com hortelã. Tira da mochila o Moleskine. Pensa que se prepara para fazer algo infantil. Encolhe os ombros. Não se importa que a estejam a observar. Escreve uma lista de coisas que quer. Resoluções. No topo da página dá-lhe o nome: Plano B. Talvez não tenha vivido nada até ali. Está na meta sozinha, o tiro da partida chega com algum atraso, preso no tempo. Sara está determinada. Vai viver plenamente em função desse conhecimento adquirido: de que a sua vida não se soma a nada. Construiu pouco. Precisa de uma missão. Um objectivo. Um espelho de si, do melhor de si. As lágrimas acumulam-se no rosto. Alguém lhe estende um lenço. É um homem alto, de tez escura. Um árabe.

*Pode ficar com o lenço.*

*Posso?*

*Sim. Precisa mais dele do que eu.*

Sara sorri. Aflita, mas sorri. Qualquer observador neutro consideraria o sorriso torto como uma manobra de sedução. Há na beleza essa vitória antecipada e mesmo sem a sua prática consciente, está lá. Sara serviu--se disso toda a vida. O seu envelope perfeito. A possibilidade de existir fisicamente de uma forma incólume. Nada do que se passa na sua cabeça tem reflexo no seu corpo. Acredita que estão dissociados. O sorriso de Sara, mesmo que triste, é o mais radioso que um homem pode receber e, por isso, e só por isso, o homem senta-se na cadeira de ferro com pastilhas coloridas a desenhar motivos típicos do Médio Oriente.

*Está há muito tempo em Jerusalém?*

*Há uns dias... seis.*

*É judia?*

*Faz diferença?*

*Para mim não.*

*Ainda bem.*

O homem apresenta-se. Diz o nome e a graça inerente. Sara descontrai um pouco mais. Podia retirar o seu Plano B da mesa, escondê-lo, e assim faria se estivesse em Lisboa, mas as probabilidades de Ali entender português são diminutas. Está protegida. A minha Pátria é a minha língua.

Não vão falar sobre o lenço. Sobre as lágrimas. Sobre o sorriso. Sara esconde-se de novo. A jornalista em acção. Ali vende-lhe uma visita a Petra. Com convicção. Sara agradece, devolve o lenço e faz um sinal ao empregado para lhe dar a conta.

*Já está de partida?*

*Sim. Embarco amanhã.*

*Nesse caso, deixe-me convidá-la para uma das noites loucas de Jerusalém.*

*Jerusalém tem noites loucas?*

*Há milhares de anos, são famosas.*

*Não sei se consigo.*

*Ah, não desista das coisas boas. Venho buscá-la às oito. Jantamos no Pacha e depois vamos dançar. Tenho um grupo de amigos. São divertidos. Vai ter mais que contar no regresso a casa.*

*Eu não tenho ninguém a quem contar.*

*Não acredito.*

*É a verdade.*

*Venha jantar. Não se arrependerá.*

*Estou no sítio certo para arrependimentos.*

*Depende da perspectiva. Há quem nunca se tenha arrependido.*

Sara considera a cruz pesada, as estações da agonia, e acredita, por breves instantes, que Jesus se arrependeu. Depois recusa a ideia, não por ter sido ensinada de uma outra forma, não por ter feito outras leituras, apenas porque percebe a extraordinária pequenez e presunção de considerar qualquer sentimento que Jesus possa ter tido. Podia ter sido louco. Era louco. No momento em que o sexo é inevitável, sente-se tão sozinha quantos os loucos todos do mundo, a Joaninha, a mãe, o tio-avô, a Judith, a Cláudia. Deixa a Madalena de fora da equação porque ela arruinaria o quadro. E o quadro é demasiado triste para ser estragado com a facilidade das coisas normais. É nisto que pensa quando chega ao orgasmo. E isso ainda é pior.

O aeroporto tem a mesma azáfama do dia da chegada. Parece quase um souk. Os soldados revistam as
malas, fazem as perguntas habituais.

*Alguém a ajudou a embalar a mala?*

*Alguém lhe pediu para levar alguma coisa para fora do país?*

*Onde esteve em Israel?*

*Pode abrir esta bolsa?*

Sara obedece. Abre os pacotes Ahava de lama do
Mar Morto, milagres cosméticos que tornam a pele mais
suave, mais próxima do infantil. Leva a mão direita ao
rosto e sente o cheiro de Ali nos dedos. Não se despedi-
ram. Não falaram sobre o futuro. Ele usou-a como usará
qualquer turista ocidental com pretensões de liberdade
e democracia. Deve fazê-lo com algum gozo antecipado.
Sara não se importa. Sexo. Companhia. Pode ser tudo.

Basta observar a Natureza, os animais, as criaturas mais puras.

*Às vezes sinto-me tão sozinha que abraço os meus joelhos e penso que as minhas mãos são de outra pessoa.*

Tinha dito isto. Lembrava-se de todas as palavras. Estar bêbada é-lhe pouco familiar. Sara raramente bebe. Não gosta de perder o controlo, mas na noite passada a música árabe, impossível de cantarolar, as cigarrilhas fortes e o copo sempre cheio, fizeram a descida dos deuses sobre si própria. Algures na sua cabeça conseguia ver o seu corpo manifestar-se, ouvia o seu riso, os cabelos ensopados na parte detrás da nuca. Era ela e não era ela. Ali usou-a. Sara enganou-o. Ele dormiu com o seu corpo. Não era ela. Não verdadeiramente. A banalidade da história, sexo com um árabe, provoca-lhe um ataque de vergonha. De si mesma. De ser fraca e inconsequente. De não ter perdão. Sente o cansaço como uma diminuição de si, Sara a perdida. No princípio do céu branco das nuvens que escondem a terra, qualquer terra, Sara adormece.

*Está chocado.*

*Não. Não há razões para isso.*

*Ah, portanto, a banalidade do sexo.*

*Não tem que ver com isso. É adulta, fez o que achou melhor na altura. Não sou puritano. Esta cidade está cheia de prostitutas.*

*Sim, mas é diferente.*

*Sim, a Sara não é uma prostituta.*

*Obrigada.*

*Não precisa de agradecer.*

*Eu quero agradecer. Agora que lhe contei a minha ida a Israel sei que não fui lá fazer nada.*

*Não concordo consigo. Julgo que tenha lá ido com uma razão primordial que se prende com a sobrevivência do património afectivo que os seus pais lhe deixaram.*

*Balelas. Nunca o julguei sentimental.*

*Não sou. Mas o que leva uma mulher, jovem, interessante, a ir a Israel, a visitar a casa de um familiar desconhecido, a reviver os passos de Cristo, a ter sexo com um árabe, a considerar a vida e a morte num local que é fundador dessa ideia de eternidade?*

*Isso queria eu saber.*

*Acredito que tenha ido à procura de respostas e que estas não tenham aparecido, não se tenham mostrado evidentes e transformadoras da sua realidade. Mas qualquer coisa terá mudado, não acha?*

*Em mim?*

*Sim. Na forma como encara a sua vida. Há momentos em que precisamos de experimentar a ruptura, de criar outros cenários para percebermos se gostamos de ser quem somos.*

*Meu Deus! Eu já tive um namorado com aspirações a psicólogo. Por favor, não se ria.*

Estou-me a rir de mim mesmo. Não acredito que estejamos a ter esta conversa.

É tarde.

Vamos pedir a conta.

Tem pena de mim.

Tenho pena de ti e de mim, Sara.

O que está a fazer aqui em Amesterdão?

A ouvir, Sara, a tentar ouvir.

A febre das flores

O livro de Vergílio Ferreira, *Em Nome da Terra*. Aquela descrição do primeiro banho assistido no lar. O velho a perceber a traição do seu próprio corpo, a sua carne exposta sem importância. O corpo a mexer-se, a articular--se misteriosamente e a dor física a diminuir, a encolher, de repente sem relevância. A humilhação primeiro. Como um absoluto. A indignidade de tudo aquilo.

É o retrato da velhice. Ficamos a ler aquilo sem jeito, no desconforto, no medo de sermos apenas humanos, de chegarmos ali. Mete medo, mas é literatura.

O médico a olhar o papel com os óculos de meia-lua pendurados num nariz onde encontrei, inesperados, pêlos espetados que me fixavam com teimosia, aponta--me o caminho da minha mortalidade, leva-me para aquele livro numa antecipação do pior.

*Bom, o que posso dizer? O carcinoma da próstata ocupa o segundo lugar do pódio em matéria de mortandade no homem. O primeiro lugar vai para o cancro do pulmão. No caso da próstata, quando da sua detecção numa fase inicial podemos proceder a uma braquiterapia e erradicar o problema.*

A minha incredulidade, a dimensão do disparate concentra-se nos pêlos do nariz que continuam a olhar para mim, direitos, eriçados, um mais comprido, dois médios e um jovem pêlo a querer rebentar a pele do nariz, um pêlo acabado de nascer. E o médico, solene, cansado da tarefa de explicar e orientar, soberano no seu conhecimento, ciente do tudo e do nada, como todos os homens de ciência, prossegue a sua revelação: a próstata como parte do sistema reprodutor masculino, a morar entre o recto e a bexiga, do tamanho de uma avelã, se for saudável, com o formato de um Donut. Mas a descrição não estaria completa sem o sexo, a copula, a fornicação. A próstata, a grande agente secreta, eficaz no transporte do fluído seminal para o exterior (porque não se limita a dizer esperma? E ejaculação?)

*Se a próstata aumenta de volume, exerce pressão sobre a ure-tra e a bexiga, e o fluxo normal de urina faz-se com mais difi-culdade. Por isso é que tem tantos probelmas...*

E o resto? O médico debita sobre a metastização fora da próstata, as células cancerígenas a fazerem um baile no nosso corpo, a grande invasão para os gânglios linfáticos vizinhos. Lembro-me expressamente dessa designação «vizinhos» e o meu corpo, tenso na cadeira, sem conforto, a gritar.

*É um cancro, é um cancro. Podes mandar tudo à merda. Tu és uma merda com prazo de validade. Não sabes nada. Não és ninguém.*

E o resto? Imagens de Charlie Chaplin e eu a rir, miúdo, uns seis anos, a rir e a chorar ao mesmo tempo, a minha mãe a limpar as lágrimas ao avental, o frio da serra, aquele cão com uma mancha preta em cima do olho, a voz do meu pai

*Anda cá.*

Eu e ela debaixo da árvore e o meu pénis a correr por ela adentro. Lisboa no primeiro momento, a faculdade, todas as grandes lições do comunismo, os amigos presos, a Ana Luísa, o sorriso da Ana Luísa, o corpo da Ana Luísa, a doença da Ana Luísa, o cancro da Ana Luísa, a morte da Ana Luísa, a minha morte. Coisas assim.

No carro, já com o motor a fazer barulho, fechei as portas num gesto de protecção que me pareceu feminino e senti as lágrimas a nascerem no estômago. Pena de mim, do mundo que terá de continuar sem mim, da solidão de estar sozinho num carro que não me afaga. Na rádio Tony Bennett canta *Put on a Happy Face* e Deus tem um sentido de humor infame e deve ser esse lado misterioso e cruel que atrai multidões, não é? A certeza de que todas as dores do mundo nada serão comparadas com a ira de Deus. Ele será, sempre, maior e imprevisível. É reconfortante não ter essa crença, não ter essa bóia. Só sou eu e o meu cancro, a minha próstata que já não é do tamanho de uma avelã, em forma de bolo açucarado, americano. Também a próstata é uma invenção dos americanos. Patente registada a confirmar a solenidade da descoberta.

Quando chego a casa, para compensar o frio de tudo, meto-me dentro da banheira e deixo-a encher. Vejo o meu corpo, a idade do meu corpo. As pregas de gordura, a pele seca nas canelas das pernas, as unhas amarelas, os pêlos brancos nos testículos descaídos, o sexo murcho, abatido, enterrado em mim como memória de um outro homem. Penso

*Sim, Ele descerá sobre nós na forma de um cancro.*

Se Ana Luísa fosse viva esta coisa que existe em mim teria uma dimensão de morte em nada comparável com o resto, seja o resto o que for. Agora não faz diferença. Pela primeira vez em muito tempo penso no Rodrigo. No rosto de Rodrigo, na sua voz baixa, nas mãos de unhas roídas. Rodrigo atrás de Ana Luísa, Ana Luísa atrás de Rodrigo

*O meu menino.*

*A minha mãe.*

No dia em que Rodrigo nasceu cortei-lhe as unhas. Películas mínimas em dedos que se adivinhavam compridos. Cortei-as com afinco, concentrado. O suor corria-me debaixo dos braços e a mão dele perdia-se em mim, na minha pele. Em retrospectiva terei de eleger esse momento como o de maior intimidade com o meu filho. Talvez o único. Agora que morro, sem saber quando, mas a morrer, posso já dizer que lhe deixo tudo porque não há mais ninguém. Laços? Nenhum. Apenas ele e eu que deveríamos ser um do outro, incondicionais, fãs com as quotas em dia, e que nos desconhecemos, que não nos frequentamos. Não sei onde vive.

Considero estas coisas ao mesmo tempo que contabilizo na minha cabeça, como em criança, a quantidade de pensamentos paralelos que consigo ter: o Rodrigo, as unhas de bebé, o cancro que se espalha neste preciso momento, a água que arrefece e, incrivelmente, aquela passagem de Santo Agostinho que li ontem

*Senhor, torna-me puro, puro.*

Se as vozes na minha cabeça me vencerem é porque me transcendem? Serei eu apenas um ou muitos? Na minha mente a correria para as palavras é como os cavalos alinhados nas boxes, resfolegando de vontade e depois, com o som do tiro amplificado, ali vão eles, os cascos na areia, a multidão a seguir com fúria o potencial vencedor que se deixa vencer. Como a minha ideia do cancro se deixa vencer pela frase do santo, como a minha ideia do Rodrigo se deixa vencer pelo momento em que eu fui mais importante.

O telefone toca, ao longe, sinto a invasão do toque. O mundo lá fora. A minha voz

*Deixe uma mensagem.*

Podia ter acrescentado obrigado ou uma saudação qualquer quando gravei a minha voz. Pressenti essa possibilidade quando abri a boca, esse sentido do humano, da civilização. Quando foi que perdi a vontade de ser polido?

A Ana Luísa fazia as vezes da minha educação. Ela pedia a comida nos restaurantes, conferia as contas, tratava de todas as banalidades que resultassem no imperativo de comunicar com terceiros. Fui perdendo as palavras

*Boa-tarde.*

*Obrigado.*

*Se faz favor.*

Chegou uma altura em que dar aulas era a tortura máxima. Podia debitar a matéria, mas não tolerava interrupções, perguntas sem sentido, evidentes, perguntas às quais já tinha respondido. Sentia-me tão sozinho

naquelas salas de aula. No seminário de poesia o masoquismo atingia o auge. Porque a poesia implica delica-
deza. É o que elas acham, as alunas cheias de livros com
anotações e cabelos compridos. Nunca me perdi nesses
olhares e no cliché da aluna e do professor. Nunca fan-
tasiei com elas, uma delas, despida nas suas carnes fir-
mes. A poesia não arrebita a minha libido e, pensando
bem, poucas coisas o fazem, embora tenha havido surpresas ao longo da vida. Coisas estúpidas. Um videoclip
na televisão, o Rodrigo no sofá a comer uma barra de ce-
reais e a dar ao pé, e na televisão uma mulher a entrar
numa banheira, em contraluz, depois outra a cantar com
a cabeça enfiada na camisola e eu ali com ela, no acon-
chego da lã, protegido do mundo. Senti algo parecido
com prazer nesse instante.

Quando as aulas começaram a evidenciar o meu status
quo, a minha posição de escritor aclamado pela crítica, de-
sisti. O meu editor, num almoço rápido, deu-me a solução
sem me ter lamentado: uma avença mensal, uma outra forma
de receber os direitos de autor. Ao mesmo tempo, informou-
-me que o meu último romance seria traduzido para mais sete
línguas. À tarde entreguei a minha demissão no departamento de literatura. Não houve perguntas embaraçosas,
apenas palmadinhas nas costas e coisas laudatórias que me
deprimiram ainda mais. Os alunos mandaram-me um cartão desejando felicidades. Contei sessenta e três assinaturas
no cartão e não me recordo de qualquer rosto. Ainda hoje,
se me vêem na rua, dizem-me

*Professor, lembra-se de mim?*

E eu abano a cabeça e tento um sorriso. Sou bom nesses meios sorrisos. Funcionam como uma protecção e mantém-me no silêncio a contabilizar a quantidade de pensamentos em simultâneo que consigo ter. Pensarão as outras pessoas como eu? Terão ideia de que são únicas no universo? Especiais? Eu e a minha circunstância, brincava a Ana Luísa quando eu dizia que não podia fazer qualquer coisa.

*Porquê?*

*Porque não posso. Não consigo. Não sei.*

*Mas ainda nem tentaste.*

*Mas porque tenho de tentar se sei que não me convém?*

*E porque não te convém?*

*Porque sou diferente de ti e não posso.*

*Tu e as tuas circunstâncias.*

*Tu também és a minha circunstância.*

*Precisamente, Manuel, precisamente. Mas tu ficas aí sosse-*

*gado e eu vou lá fora espreitar o mundo para que tu possas depois comer e dormir em paz.*

*Dizes isso como se fosse cruel.*

*E não és? Não partilhamos nada. Faço tudo sozinha.*

*Preciso de estar sozinho para escrever, não se escreve a quatro mãos.*

*Há quem escreva.*

*Eu não.*

*Eu sei.*

*Eu sei que sabes.*

*Desculpa.*

Eu é que deveria pedir desculpa. Nunca o fazia. Era a deixa dela. A conversa repetiu-se anos a fio. No início, sentia na voz dela uma vontade de batalhar com as minhas circunstâncias, pelo que a conversa se podia estender um pouco mais. No fim, nos últimos anos, o desalento da Ana Luísa não se exprimia de forma alguma, era apenas cansaço.

Compreendo o ódio de Rodrigo. Afinal, eu não estava. Ana Luísa funcionava como uma mãe solteira em tudo. Até nas férias de Verão: partiam os dois para o Algarve e eu, na torreira quente de Agosto em Lisboa, ficava para escrever. Porque não podia escrever em mais lado nenhum, apenas ali no meu canto, com os meus livros à volta, em adoração pela literatura e pela história que se constrói a partir da minha mão.

Um fotógrafo argentino, Daniel Mordzinski, quis saber se me podia reter em película para um projecto que estava a desenhar, um livro sobre escritores e quartos de hotel. A teoria dele era simples, todos os escritores têm lavrado a sua arte num quarto de hotel pelo mundo em cidades desconhecidas . Disse-lhe que não, que não escrevia noutro sítio, só em casa. Ele pareceu compreender e bebeu o café em silêncio. Depois disse que gostaria de me fotografar. Apesar de tudo. Até hoje não sei porquê, gostei deste homem e dei-lhe um meio sorriso que fez as vezes de resposta e, ao fim do dia, estava no Jardim da Estrela com as mãos nos bolsos, sem saber que pose assumir. Daniel rondou-me como um cão com cio. Olhava-me por inteiro e foi esse olhar que me incomodou, que me levou ao entendimento do que é ser fotógrafo dos outros, captador de almas.

*Mete-te ali no meio do arbusto.*

Não estranhei o tratamento na segunda pessoa do singular, próprio dos hispânicos, mas considerei o pedido bizarro. Disse-lho. Ele afastou a câmara fotográfica do rosto sardento e, com meiguice, pediu-me

*Faz-me a vontade.*

E eu lá fui, a roupa a roçar nos arbustos, um galho que se prendeu à minha camisola de linha, os sapatos em terreno mole, terra molhada. O resultado é uma fotografia de um homem que sendo eu, não sou eu, mas que impressiona pelo inesperado. Parece que estou a nascer do arbusto, da mata, da Terra. Há uma razão ali que me ultrapassa, porém reconheço como sendo minha. Não sei como Daniel percebeu isto. Por vezes manda-me um postal e conta coisas estranhas sobre os sítios onde está. O último postal era da Patagónia.

Nunca lhe respondi.

Tenho a pele das pernas seca, ilhas brancas com veios estreitos que desenham a secura na pele. Uso o mesmo creme hidratante que a Ana Luísa comprava. Levei muito tempo a encontrá-lo. Não se compra em supermercados. Tem um cheiro a coco e a textura é quase pastosa. Sento-me na beira da banheira a ver os pés. A tomar balanço. Sei que tenho de tomar uma decisão. Vou pingando a casa em direcção ao telefone e ao gravador de chamadas. E lá está a voz do Vasco a dizer que precisamos de conversar.

*Vamos almoçar esta semana, sim? Liga-me.*

Tenho de reconhecer que há na persistência de Vasco um efeito quase amoroso. Não o trato especialmente bem. Dou-lhe dinheiro a ganhar, mas é, também isso, uma coisa recente. Manteve-se o meu editor desde sempre, mesmo quando deixei de acreditar no partido e nessas coisas. Manteve-se ao meu lado, regular nas suas chamadas, interessado em discutir os manuscritos, a importância das personagens, a continuidade temática dos livros, a internacionalização e, claro, o prémio, o bem-amado prémio que me deu o mundo quando eu já só queria era estar sem mundo. Vasco festejou-o com euforia e foi suficientemente político para compensar a minha falta de jeito para as declarações públicas. Quando fui receber a coisa em forma de cheque, acompanhou-me, certificou-se da qualidade do meu fato, da cor da minha gravata, da graxa nos meus sapatos de atacadores.

A imprensa internacional deu-me um rótulo: o escritor que sofre de timidez. Achei que tinha graça, porque não sendo verdade era uma maneira de disfarçar o meu mau humor. No meu íntimo agradeci-lhes por isso.

Vasco está à espera de um novo livro. Anunciou-o há três meses numa entrevista imprudente num suplemento cultural de um jornal semanal. Disse o meu editor

*Teremos um novo livro até ao final do ano, Manuel tem trabalhado insistentemente e será, como os outros, uma surpresa de uma qualidade ímpar.*

Quando li a entrevista não me contive e comecei a enumerar surpresas de qualidade ímpar: o homem ter chegado à Lua (apesar de a minha tia-avó ter uma vez afirmado que tudo se passava num estúdio de televisão e que o homem nunca tinha passado disso, de uma ficção); a vitória da selecção portuguesa contra a Inglaterra na semana passada; a sobrevivência dos pandas na China; Bush ter ganho as eleições presidenciais nos Estados Unidos da América (se bem que esta surpresa não apresente nenhum grau de qualidade). Detive-me neste ponto porque concluí que não há verdadeiras surpresas. Há acasos e momentos de sorte, mas nada de verdadeiramente novo e muito menos digno de ter qualidade ímpar. Não se pode admirar o terrorismo. Calculo que haja, para tantos, beleza na violência. Vasco espera isso do meu livro novo. Livro que não comecei ainda.

Não tenho feito nada. Nem uma linha. Nem uma ideia. Tenho estado estes meses a ver o meu corpo mirrar, a contabilizar dores, a fazer exames e a reler algumas coisas. À noite vejo aquele concurso da televisão com perguntas de cultura geral. Vejo-o com o espírito de masoquismo que me assiste em tudo. Fico em frente à televisão fascinado com o apresentador. Escrevi-lhe uma ode na outra noite. Imaginei a sua vida por inteiro. Os seus defeitos e virtudes. Gosto da gentileza que tem, do seu riso e, em simultâneo, não compreendo por que gosto de o ver se nunca me interessei por televisão. Talvez seja uma partida da idade, talvez seja cientificamente explicável, não sei. Seja como for, essa espécie de concurso é uma compulsão por estes dias. Escrever nem por isso. Nunca passei tanto tempo sem viver com um conjunto de personagens a puxar pela minha manga, a exigir atenção e pormenores. Tenho um certo carinho pelos personagens que criei. Especialmente o Carlos Vidal, que, sendo um filho-da-puta, é um personagem com ossos. Tem várias camadas na sua personalidade que se vão desvendando. No fim do livro acredito que o leitor o considere um pulha, mas um pulha com graça, com sentido e razão de ser. Carlos Vidal não sou eu, atenção. Carlos Vidal é qualquer um, tudo aquilo que poderia ser, mas que daria imenso trabalho. As personagens poupam-me a vivência das coisas.

Seria de esperar que me entretivesse a criar mais histórias. Seria uma espécie de vida. Agora não faz grande diferença porque sei que a minha existência só se prolonga se aceitar um tratamento cujo resultado é dúbio. O médico, outra vez, treinado para encarar os olhares dos pacientes

*Digamos que a quimioterapia lhe pode comprar mais tempo.*

Nem precisei de perguntar a que preço porque ele decidiu desfiar os sintomas, os efeitos secundários e todas as maleitas de quem se submete a tais avanços da medicina.

*E mesmo assim, em seis meses, pode ter terminado.*

E achei curioso o verbo, *terminar*, porque apenas o emprego quando acabo um livro. É um verbo que associo a alguma satisfação, a um sentido de missão cumprida. De realização pessoal. Tenho esse momento de vaidade quando ordeno ao computador que imprima o que escrevi e vejo uma pilha crescente de folhas preenchidas a comprovar que trabalhei, que fiz o melhor que conseguia.

Seis meses não bastam para escrever um novo livro, o tal de qualidade ímpar. Não tenho essa rapidez. Sou lento a escrever. Sou minucioso na minha pesquisa, nas leituras paralelas. Há dias em que não consigo escrever uma linha. Há dias em que escrevo dez, outros em que escrevo páginas e páginas que depois elimino. Gosto desse gesto categórico de sublinhar a azul tudo o que vou mandar para o lixo e, depois, com um clique numa única tecla, o texto desaparece e a história pode começar outra vez. Seis meses não chegam.

O psicanalista disse-me o mesmo.

Agora que penso nisso tenho vontade de rir.

*Seis meses não é tempo, não é nada, não dá para nada, ainda agora começámos.*

Não tive a honestidade de lhe dizer que as minhas sessões, todas as minhas sessões, serviram apenas para desenhar o futuro de Carlos Vidal, o meu personagem atormentado, adicto de qualquer actividade que lhe beneficiasse o ego. Estava convencido disso. Dos seis meses de sessões tirei uma verdade banal e corriqueira que me atormentou em sonhos. Por vezes lá vinha a frase

*Tem de tomar uma decisão: ou decide gostar da vida que tem ou decide detestá-la. O seu nível de satisfação também se*

*prende com esta decisão.*

O psicanalista daria um bom personagem. Ainda o considerei, mas abandonei o projecto porque nunca me senti grávido de alguém assim. As minhas melhores personagens nascem de verdadeiros partos. Dores violentas e momentos de expectativa, sonhos que vou acalentando nesses outros feitos de tinta e papel. Escrever é um acto quase divino de criação. Disse isto a um jornalista há muito tempo e foi-lhe irresistível fazer a brincadeira com Deus.

Agora seria bom acreditar em Deus, em mim como Deus, como parte de Deus. Seis meses. Quanto tempo Levaste a criar a vida na Terra? Seis dias. Vê Tu, só tenho mais setenta e nove dias.

Nunca conseguirei criar nada.

Apetece-me um café e saio para o frio de Lisboa em Janeiro. Há uma chuva miudinha que me fustiga o casaco. Decido caminhar até à pastelaria ignorando a chuva e as pessoas. O exercício é simples: vou pela rua, sempre a direito, não me desvio de nada, sigo como um autómato, sempre com a mesma passada, a mesma velocidade. Entro na pastelaria e, ao balcão, peço

*Um café.*

Tenho os sessenta cêntimos preparados, a chocalhar no bolso. Três moedas de vinte. Olho para o desenho do número dois e a matemática apanha-me de novo: seis, o número que resume a minha validade. Abandono o café e sinto-me sozinho, tão sozinho. Podia eu devolver a chamada ao meu editor. Falta-me qualquer coisa. Sinto-me mal. O café no estômago azedo. Uma pressão no peito. Não tinha imaginado isto assim. A chuva foi-se. Há uma luz estranha de nuvens carregadas. Um carro que buzina violentamente, alguém com défice de paciência. No quiosque de jornais vejo as capas, as letras gigantes. Percebo que não estou a andar, estou apenas parado ali na rua. Começo a dirigir-me para casa e, nesse instante, vejo a montra da agência de viagens a piscar promoções e ofertas de última hora. Detenho-me e decido entrar.

*Boa-tarde.*

*Queria uma viagem.*

*Que espécie de viagem? Praia? Cidade europeia? Um destino exótico?*

*Não, uma cidade é melhor.*

*Bom, e tem alguma ideia? Paris, Londres, Amesterdão...*

*Amesterdão.*

*Duas pessoas?*

*Não, sou só eu.*

*Muito bem. Vou ver aqui no terminal a disponibilidade de voo. Quando é que queria viajar?*

*O mais depressa possível.*

*Há um voo amanhã às dez e quarenta.*

*Pode ser.*

*E o regresso?*

*Sem regresso.*

*Muito bem. E hotel?*

*Sim, um hotel central.*

*Vou ver o que tenho aqui... bom, tenho o hotel suíço, com uma diária de duzentos euros, pequeno-almoço incluído. É muito central, fica perto do palácio. Tenho ainda...*

*Esse hotel serve.*

*E reservo quantos dias?*

*Uma semana. Depois logo vejo.*

*Sete noites, portanto.*

*Sim.*

*E como deseja pagar?*

*Cartão de crédito.*

*Muito bem, vou mandar imprimir o número electrónico da reserva de avião e dar-lhe o voucher do hotel. É só um segundo.*

De volta a casa. Considero o impossível. Não sei onde está a mala grande de viagem. Não me lembro sequer quando a usei a última vez. Está velha, desajustada ao tempo. Deve ter vinte anos. Tem mais: é da idade do meu casamento. Comprámo-la para a lua-de-mel, lembras-te, Ana Luísa? Em Amesterdão deve estar frio e não sei quanto tempo vou ficar, talvez seis meses. Talvez menos. Pouco importa.

Vais morrer daqui a pouco. A pergunta é: o que precisas de levar contigo? Calças, camisolas, peúgas de lã até ao joelho, cuecas, camisolas interiores, uma camisa, um casaco, um blusão quente. As coisas da casa de banho. Sento-me no escritório, a mala aberta em cima da cama a espreitar ali ao fundo do corredor. O telefone toca, a mensagem dispara, mas desistem. Que bom. Movo-me no silêncio da casa. Encaro as estantes de livros. O que preciso de reler, Ana Luísa? O que quero reler? Estou ali um bocado e não chego a qualquer conclusão. Depois decido-me num repente: *O Coração das Trevas* de Joseph Conrad; *Livro do Desassossego* de Pessoa; *Murphy* de Beckett; *Orações dos Homens* de José Tolentino de Mendonça; *Lavra* de Ruy Duarte de Carvalho; *Longtemps* de Eric Orsenna; *Everyman* de Phillip Roth, de todos o mais apropriado à minha situação. Pego no disco de Keith Jarrett, *Melody At Night With You*; o *Requiem* de Mozart; *As Quatro Últimas Canções* na voz da Schwarkopft, o último disco de Carlos do Carmo, um disco antigo de Paulo de Carvalho com a Orquestra Filarmónica de Londres que o José Calvário me ofereceu em tempos.

Vejo a mala e tenho vontade de me rir. Estou a ser preciso: de me rir, de rir de mim e para mim até que todo o meu corpo se transforme nessa anedota risível e não sobre mais nada. É uma audácia esta viagem. É inesperada. Não sou eu que vou viajar, é outro, um outro que nasceu há pouco quando fui tomar café. Ainda tenho um peso no estômago. Vou à cozinha buscar uma água com gás e atiro-me para a poltrona em frente à televisão. Lembro-me de tu visto em directo a guerra do Kuwait aqui sentado, na mesma posição. Nunca conseguirei ultrapassar esse momento de espanto. O poder da televisão reside na banalização do bom e do mau. Tudo se pode ver. Até a intimidade dos outros e o que ela revela da nossa. Ainda falta para o concurso de cultura geral. Sem ter, tenho tempo. Adormeço em minutos. Ainda penso

*É bom que o telefone não toque.*

São três horas de viagem. Antes de aterrarmos dão-nos uma sanduíches aquecidas de queijo com tomate.

É boa. Bebo uma cerveja de lata. Vejo as nuvens e depois a terra e depois o alcatrão da pista do aeroporto e a mini-janela do avião cheia de gotas de água. Acho que só vai chover nos meus últimos dias. Não me serve mal esta ideia de purificação pela água. O sol seria mais instável, mais próximo de uma beleza qualquer. Não quero ter saudades de nada.

O hotel não tem grande história, mas gosto do profissionalismo pragmático. Na ficha de inscrição perguntam a profissão e eu hesito. Escrevo em inglês

*None.*

Porque afinal não tenho profissão, não sou escritor, não sou professor. Julgo que ninguém vai ler aquele meu assombro de verdade na ficha branca. Está tudo no sítio certo e, agora que aqui estou, também me sinto onde devia estar. Pego no guarda-chuva de tamanho extra-large e percorro a praça do palácio real, vejo os canais, os eléctricos, as crianças protegidas em cadeirinhas impermeáveis, cadeiras com tectos transparentes para que possam ver a chuva. Imagino-me ali, sentado, pequenino, agasalhado a ver a cidade. Tenho uma enorme pena de mim neste momento.

Os dias correm. No espelho da casa de banho, como um retiro espiritual, descubro coisas normais: a pele amarela, uma magreza que não me surpreende porque afinal a comida só me enjoa, os olhos um pouco baços, temo que haja ainda anemia e outras coisas. Penso agora que deveria ter telefonado ao médico antes de partir. Ninguém sabe que aqui estou. Pouco importa. Vou ficar aqui. Deixei-me seduzir por uma cadeira especial de um brown café mesmo no Red Light District. É uma cadeira que estava à minha espera. Dali vejo o balcão e o empregado que me fala em inglês, vejo a menina que estuda e a montra por onde a vida passa. Fico para ali, a seguir ao almoço, até ao fim do dia. Não faço nada. Levo sempre um livro como pretexto, como fachada de normalidade. E o caderno de formato agradável, forrado a pele preta, com linhas e linhas, muito bonito, com um papel que apetece. Mas nunca trago uma caneta.

Aqui resolvi a minha questão de alojamento. Ao fim de uma semana de hotel considerei que estava a ser idiota. Não quero viver num hotel como Chet Baker que viveu aqui perto até se atirar pela janela. Calculo que o trompete o tenha acompanhado na queda e que ambos voavam para outras paragens onde a droga nos deixa mais felizes. Não sabia nada disto, mas ouvi o empregado de balcão contar essa história a uma turista. Naquele dia passei em frente ao hotel para ver a janela do suicídio. Não seria capaz desse gesto. Por cobardia, por egoísmo, por falta de imaginação. Viver num hotel pareceu-me decadente, terminar num hotel pareceu-me pouco original. Na montra do brown café estava uma folha verde-água com o anúncio de aluguer de um prédio. Telefonei. Fui ver.

Paguei seis meses de renda perante o ar perplexo do meu interlocutor. Disse que não tinha documentos para lhe mostrar, extractos de banco, impostos, coisas assim.

*Ficou tudo em Portugal.*

*Qual é a sua profissão?*

Era a segunda vez que me perguntavam. Olhei o meu senhorio com um meio sorriso.

*Eu era escritor.*

*Deixou de ser?*

*Parece que sim.*

Não fez caso da minha resposta. Mostrou-me como funciona a caldeira para a água quente. Incentivou-me a ter todo o cuidado com as escadas estreitas e sem corrimão. Eu fiquei a admirar as madeiras do chão, o desenho típico de uma casa holandesa, as janelas e a banheira amarela de pés trabalhados. Tomei nota do número da empregada, se quiser os seus préstimos e ficou resolvido. Eu e o que resta de mim, poucos livros, uns discos e uma roupa que não se compadece com o clima mudámo-nos com alguma pressa para um prédio mobilado, demasiado grande para nós. Escolhi o primeiro andar para viver. No rés-do-chão está a cozinha e no segundo andar dois quartos e uma casa de banho. O primeiro andar chega-me. Tem uma sala grande, a casa de banho maior. Durmo no sofá. Não tenho necessidade de me deitar numa cama. Parece-me agora uma convenção sem sentido. Mais tarde, num desvario momentâneo, comprarei uma rede de praia a lembrar outras coisas e colocarei a rede no canto da sala, junto à janela. Aí se fará o sono.

Levei algum tempo a sentir o espaço como meu. Moro numa rua muito movimentada. Mesmo em frente ao canal Eglelantiersgraat. Do outro lado está o meu brown café e uma sex shop. O prédio ao meu lado está sempre iluminado, a jogar com o vermelho sedutor. Há três montras de prostitutas nesse prédio e, pelo que posso observar, há pelo menos uma rotatividade de nove mulheres. Todas loiras. É um prédio de loiras.

Primeiro tentei ignorar o comércio do corpo, desvalorizar as luzes vermelhas nas janelas, mas não consegui. Da minha cadeira no café vejo o turno da tarde começar e acabar. As prostitutas da noite encontram-se aqui ao balcão, conversam, fumam, bebem coisas quentes. No outro dia, vi na televisão um documentário onde se explica o fenómeno de subida da temperatura das flores antes de florirem. Como as minhas putas, as flores têm febre. Não são mulheres estridentes, são reservadas. Gosto de as observar. E gosto ainda de ver que tipo de homens entram nas montras, turistas ingleses, velhos que imagino terem dinheiro, dois jovens adultos, pessoas que as procuram com vergonha, com descaramento, com sentimentos de culpa ou como forma de punição. Daqui vejo tudo e colecciono as suas histórias para um dia, quem sabe? Um dia poder escrever.

Estou aqui há dois meses. Conto todos os dias, como um recluso num estabelecimento prisional estranho onde o sexo é permitido e incentivado. Ana Luísa teria horror a tudo isto. No princípio eu também me encolhi, mas agora? Ah, Ana Luísa, agora vê bem como mudei, sou outro, as prostitutas são as minhas peças de xadrez no jogo final. Elas avançam, protegem, comem, desistem, recuam e todos os dias o jogo é diferente.

Descobri ainda que em inglês recupero as boas maneiras. O inglês é um idioma perfeito para a criação de um outro, um qualquer que queiras ser. O português não o oiço, não o falo.

No outro dia, um turista chocou comigo e disse

*Desculpe.*

E eu

*No problem.*

Tão simples. Vi o turista sorrir, era um homem negro com um belo sorriso branco e eu lembrei-me de Angola, da guerra e de uma muamba de galinha em particular, repleta de quiabos, a coisa mais saborosa que comi. Vi o turista abraçar uma mulher que saía de uma loja e invejei-o: a forma perfeita como os corpos encaixavam, a mão dela na dele. Fiquei ali a ver. A rebentar. Senti-me vivo e quase podia ter corrido atrás deles e perguntar qualquer coisa

*De onde são?*

*Está frio em Lisboa?*

*Sabem quem eu sou?*

As prostitutas não sabem quem eu sou, sabem que sou português e que aluguei o pequeno prédio do lado. Percebem que não como, que não tenho muitas coisas e que oiço música alto, muito alto. E como sabem tudo isso? Imagino-te a perguntar. Partilhamos a mesma empregada doméstica, uma senegalesa belíssima, um tom azul na pele que considero fascinante e que brilha, brilha enquanto ela lava e aspira, aspira e lava cantarolando qualquer coisa que ignoro. Não trocamos muitas palavras, contudo sei que ela partilha com as minhas vizinhas loiras toda a informação que me pode ajudar a ascender a essa categoria de pessoa interessante. Preocupo-me com o que pensam de mim. Não sou o mesmo homem. Tenho cada vez menos peso, a minha pele seca e amarela está num desajuste total com a minha cabeça. Tenho muitas dores. Urinar é um sacrifício brutal. No outro dia pensei em visitar um médico aqui. Tenho de pensar mais nisso.

Hoje bateram-me à porta às dez da manhã. A minha senegalesa, Ayo, abriu a porta e depois consegui ouvi-la subir as escadas, consegui perceber que a porta ficara aberta, consegui ouvi-la dizer com espanto

*É a polícia.*

Apertei o fecho do casaco como um gesto de protecção. Intrigado, algo nervoso, com dores e alguma incapacidade para fazer movimentos acelerados, cheguei à porta.

*Manuel Guerra?*

Disseram o meu nome como uma interrogação e

com enorme dificuldade. Assenti com a cabeça e apertei as duas mãos em punho com força. Lá fora estava frio, mas comecei a suar.

*Podemos entrar?*

Subimos ao primeiro andar, eu à frente, eles no meu encalço. Baixei o volume do piano de Keith Jarrett e com um gesto convidei-os a sentar no sofá castanho. Fiquei encostado à mesa da aparelhagem a considerar se devia sentar-me e, se sim, onde: na rede? na poltrona? na cadeira de madeira desengonçada? Decidi-me pela cadeira, apesar do desconforto antecipado.

*A polícia portuguesa anda atrás de si. Foi dado como desaparecido. Não tem telemóvel?*

*Não.*

*Avisou alguém de que vinha para Amesterdão?*

*Não.*

*Há quanto tempo está cá?*

*Há quase três meses.*

*Não acha que seria melhor avisar que está vivo para que as pessoas não se preocupem?*

*Não tenho ninguém.*

*Bom, alguém participou o seu desaparecimento. E alguém o viu aqui em Amesterdão, uma jornalista, e deu o alarme.*

*Pois. Mas eu não desapareci. Decidi fazer uma temporada aqui. É só isso.*

*Sabe que os jornais em Portugal anunciaram o seu desaparecimento? A polícia andou a investigar a possibilidade de homicídio e de rapto.*

*Quem é que me queria matar ou raptar? Não faz sentido.*

*O senhor é famoso. Tem dinheiro.*

*Sim, mas Portugal não é a Colômbia.*

*O senhor já esteve na Colômbia?*

*Não.*

*O senhor está doente?*

*Não.*

*O seu médico disse à polícia portuguesa que tem um cancro e pouco tempo de vida se não se trata convenientemente.*

*Essa informação é confidencial.*

*Não é quando se abre uma investigação. Não acha que é melhor regressar ao seu país?*

*Não, não acho. Vão-me deportar?*

*Não, não temos razões para isso, além de que os acordos de Schengen...*

*Sim, sim. Cidadão da Europa e não do meu país. Eu conheço essa conversa.*

*Vamos informar a polícia portuguesa. No seu lugar telefonaria para casa.*

*Não está ninguém em casa.*

Os dois polícias saíram com um aceno de cabeça. Não desci com eles até à porta. Não me senti com forças para isso. Pensei em Sara, a Sara de Israel. Ela nunca me denunciaria. Ela e o sorriso torto, a mãe e o pai às costas, uma vida a metade, sem nada.

Imaginei o Vasco a chegar ao meu prédio na Avenida de Roma, a inquirir os vizinhos, a porteira, o senhor do quiosque de jornais. O Vasco a fazer o caminho para a Polícia Judiciária, a dizer coisas como

*Grande vulto da literatura nacional.*

Ou então, melhor

*Grande nome da literatura mundial.*

E a pesquisa acelerada, como nos filmes americanos. Onde é que ele gastou o cartão de crédito? O que comprou? Onde comprou? E dois mais dois serão sempre quatro e nunca cinco, mesmo que um dos dois esteja grávido. É uma piada que poucos entendem. Uma piada antiga, de cumplicidade com a Ana Luísa. Enfim, posso visualizar tudo com precisão: os polícias atentos, os olhos fixos no computador, Vasco a fazer a ronda dos pretensos amigos (quais amigos? a quem terá telefonado?) e, quem sabe?, uma preocupação acrescida com Rodrigo. Será que Vasco se lembrou de Rodrigo? E o meu filho, consigo ver daqui da minha janela, como num filme projectado nas águas do canal, a abanar a cabeça com indiferença, a dizer que não fala comigo há anos, pelo menos três

*A última vez que o vi foi na cremação da minha mãe.*

*Cremação?*

*Sim, no Cemitério do Alto de São João. Só fazem cremações aí.*

*Não há mais fornos.*

Tive uma súbita vontade de rir. O meu filho tão delicado a ser confrontado pelo grotesco. Era bem feito.

Os dias a seguir à visita da polícia holandesa tiveram duas características: uma de ansiedade intermitente e outra de perguntas cautelosas (voltarão? quem me baterá à porta?). Claro que nas setenta e duas horas a seguir à visita ninguém me visitou, mas quando estava a preparar-me para fazer a minha travessia até ao brown café do outro lado do canal, aí mesmo onde tenho passado as minhas tardes, desço o lance de três degraus exteriores, encaro o frio e oiço

*Manel.*

E lá está ele. O meu editor num casaco demasiado novo, comprado para a ocasião, a esfregar as mãos e com um sorriso expectante. Uma figura quase irreal neste cenário. Fiquei a olhá-lo por uns momentos. Diversas coisas atravessaram a minha mente, coisas atropeladas umas nas outras, e eu sem tempo para contabilizar em quantas consigo pensar em simultâneo. Por fim

*Vasco.*

*Pensei que não te encontraria.*

*Aqui me tens.*

*Tenho?*

A pergunta parece-me feminina. Arrasto-o para o brown café da esquina. Não o quero no meu sítio, não quero que as meninas o vejam, que o empregado de balcão perceba o meu tom de voz em português. Porque a voz muda com o idioma, percebes, Ana Luísa? Não somos os mesmos quando falamos outra língua. Já te tinha dito. Temo que me venha a repetir mais vezes. Só sou eu e a minha cabeça e não presto atenção. Não como antes.

Vasco pede um chá forte de hortelã e sorve-o com agrado. Despe, por fim, o casaco. E preparo-me para o ataque. Não tenho grandes armas.

*Calculo que isto tenha que ver com a doença.*

*Cancro.*

*Isso.*

*Não. Sim.*

Vasco acende uma cigarrilha e olha-me a medo.

Sinto o seu medo. Sou o seu autor. Sou o seu premiado. Dei-lhe o mundo, mas não lhe darei um novo livro. Ele não entenderá nada disto. Percebo agora que Vasco encara os escritores como pessoas que padecem de uma doença, como os diabéticos precisam de insulina, os escritores precisam de escrever. É uma mentira. Para mim. Para a maioria dos meus pares. Odeio dizer isto: os meus pares. Os pares de sapatos, os pares nas danças de salão, os pares de luvas. Divago. Vasco quer respostas, directrizes e eu nada. Divago.

*Manel, quero ajudar. Que posso fazer?*

*Podes deixar-me estar.*

*Só isso?*

*O que esperavas? É cancro, não tem cura, estou a morrer, decidi fazê-lo longe e sem pressões.*

*Não te pressiono.*

*Não foi isso que quis dizer, Vasco. Estou cansado. Gosto de estar aqui. Não faço nada, vejo a vida das outras pessoas como numa montra. Olha, como as prostitutas. A minha luz vermelha está acesa até o cancro decidir que não piscará mais.*

*Mas há coisas que tens de resolver.*

E nisto, Vasco começou a fazer o papel de pai. Aquilo que se espera de um pai. O meu pai está tão longe. As minhas memórias do meu pai atraiçoam-me. Lembro-me distintamente do amor que tinha pelo cão com a máscara preta por cima de um dos olhos. Era um cão que adorava. Iam juntos para todos os lados da vida do meu pai, lados para onde eu não ia, que não conhecia. Lembro-me de um final de ano, ainda em Manteigas, a ver o fogo-de-artifício. O meu pai pegou-me ao colo e depois, num gesto sólido, colocou-me às cavalitas para que eu visse melhor. Ele disse isto

*Para que vejas melhor.*

E o fogo era lindo, vermelho e amarelo e depois uma bola branca que se estilhaçava e caía como chuva brilhante. Sei que tive vontade de chorar porque o frio me batia nos olhos. Retive a água por momentos e fiquei a ver outra vez as cores a passar, vermelho, amarelo, branca. O cão ladrou uma única vez.

O Vasco é um pai menos impressionante, com menos força. Do bolso do casaco tira um caderno e começa a discorrer sobre os assuntos que tenho de tratar.

*Não queres redigir um testamento?*

*Não quero redigir nada, Vasco. É tudo do Rodrigo. É o meu herdeiro universal. Não há mais ninguém.*

*Certo, tens razão.*

*Pagarás ao Rodrigo os meus direitos de autor.*

*Sim, se ele não quiser outro editor para a obra do pai.*

*Não vai querer.*

*E o recheio da casa?*

*Fica para o Rodrigo. Ele que faça o que quiser.*

*E tu não tens... inéditos? Coisas escritas? Desculpa, pareço um abutre, mas a morte também é sobre isto.*

*Não há nada. Tudo o que há está no meu computador e quando chegar a altura, elimino os ficheiros.*

*E se não eliminares?*

*Então, acho que são do Rodrigo.*

*Tens tudo pensado.*

*Tenho tido tempo para isso. Ainda.*

*Tens a certeza de que não há nada...*

*Não há.*

Com isto resolvido, Vasco decide contar-me as novidades do mercado português. Depois fala de política. Depois da União Europeia e da guerra no Iraque. A maioria das suas observações ainda mantém o cunho do partido, como uma impressão digital que fica por lá porque o comunismo é uma grande mãe consoladora. Uma Pietà. Reconheço os traços e depois alguma sofisticação. Tudo parece demasiado estranho para que me possa pertencer.

Sinto falta das prostitutas a conversar no balcão, a beber e a fumar. Sinto falta de mim em inglês. Quero que o Vasco perceba que não temos mais nada para dizer. Que fora da esfera dos livros, dos meus livros, não haveria diálogo possível porque sequei por dentro todas as palavras que podem compor frases com sentido. Ao mesmo tempo, sensibiliza-me a generosidade que implica a viagem do meu editor. Um gesto de amor. Não o vejo como um gesto de interesse puro e simples, mas antes como um acto de bondade. De uma certa forma, divorciei-me do Vasco sem o ter notificado. Não fui justo. Dou-lhe um dos meus meio-sorrisos e peço a conta. Ele suspira ligeiramente e começa a vestir o casaco. Na rua abraça-me e diz

*Gostei de te ver.*

Fico calado a vê-lo percorrer a rua paralela ao canal com um passo descaído. Dir-se-ia um homem derrotado e, de certa forma, é o que é. Um editor sem escritor é o maior derrotado de todos.

Hoje sinto-me bem. Não tenho aquela pressão na bexiga. Sinto uma espécie de fome. Ayo não veio trabalhar. O frigorífico não tem quase nada. E fazes-me falta nesse vazio branco e de luz artificial metida no frio, Ana Luísa. Faz-me falta a tua gaveta de legumes com uma caixa de tomate cereja, arrumada do lado esquerdo, bolinhas vermelhas à tua espera. Tu fazias a lista de compras ao longo da semana. Tudo escrito de forma disciplinada e eu admirava profundamente a tua dedicação àquelas listas. Não fazias rasuras. Era ver a tua caligrafia, inclinada para a direita, sempre a azul, tu a escreveres: iogurtes, massa de cotovelos para a sopa, farinha, pacotes de açúcar, álcool a noventa graus, vinagre de cidra, cotonetes, gel lava tudo com cheiro a alfazema, ovos e pão de forma. Aos domingos era ver-te a fazer aquelas tostas que tinhas aprendido num filme: a frigideira a cantar com a manteiga, o pão de forma ao qual roubavas um pedaço, mesmo no centro, como um coração. E quando o cheiro da manteiga invadia a casa, tu batias com o ovo na pedra da cozinha, e a clara e a gema escorriam para o buraco no pão, como quem foge da casa. Era o que me apetecia. Agora mesmo. Mas não há ovos nem pão de forma. Arrisco-me a ir à rua. Como te disse, sinto-me bem.

Ainda não tinha vindo à mercearia portuguesa em Haarlemmerstraat. Por snobismo, podes dizer. Fico aqui a ver a gelatina Royal, o azeite Galo, o atum Bom Petisco, a farinha Branca de Neve. É outra dimensão. O dono – julgo que é o dono – faz a conta a uma família e ri-se. Na montra há uma vitrina com pastéis de nata. Sinto as lágrimas a chegar e nem as evito. Numa cadeira há um exemplar do jornal *A Bola*. A minha mão, presa no bolso, a querer mexer-se. Depois desiste e eu com ela, saio para o frio, para a rua estreita.

*O senhor... desculpe. Não o atendi porque estava ali... entre, entre.*

É o dono, aquele que eu penso ser o dono. Fala comigo em português, veio atrás de mim. Olha-me com simpatia. É um homem grande.

*A minha mulher está lá dentro a fazer uns petiscos. Sente-se aqui. Se o meu filho soubesse que o senhor vinha cá... sabe? Ele tem a colecção dos seus livros. Eu nunca tive hábitos de leitura, mas era capaz de o reconhecer em qualquer lado. Ao senhor e a qualquer jogador do Benfica.*

E ri-se e toca-me no braço. É daquelas pessoas que

precisa da confirmação física do contacto que estabelece com o outro. Deixo-me ir.

Chouriço assado, pão de lenha, queijo fresco alentejano, um vinho tinto. O homem continua a falar e vê-se que é com gosto que me enfarda os petiscos da mulher. Tem orgulho nisso. Na nossa portugalidade servida à mesa. E eu comovo-me com os sabores.

*E, para terminar, temos arroz-doce, sem ovos, como se faz no Alentejo. Vai ver que é uma delícia.*

Atrás daquela porta está a Holanda, as discussões anuais no Parlamento sobre putativo racismo inerente às figuras que servem ao imaginário colectivo de ajudantes pretos, Zwaarte Piete, do Pai Natal, Sinterklaas, a rainha, o sexo e as drogas, as prostitutas que pagam cinquenta por cento de impostos sobre o seu rendimento. Aqui estamos dentro de uma cápsula protectora. Portugal podia ser só isto. E aqui residir toda a minha nacionalidade, tudo o que quero do meu país, o chouriço a manchar o miolo de pão, o toque suave do limão no arroz-doce. Se fosse só isto, teria eu fugido? Eu fugi?

No momento em que a mercearia se enche, as vozes crescem para se ouvir melhor e há uma alegria que me confunde. Deixo uma nota de cinquenta euros no balcão, excessiva. Não penso regressar.

Ando pela cidade, devagar. O meu estômago aperta-

-se, um mal-estar ligeiro, excesso de coisas. Consigo ver à transparência, óleo, açúcar, ovos e o teu riso, Ana Luísa. Apetece-me fumar. Posso?

No brown café o empregado olha-me com surpresa. Estou fora do meu horário. Dou-lhe um dos meus semi--sorrisos a pedir desculpa. Peço café e considero o pouco que sabem sobre café nesta cidade onde os prazeres são elevados ao seu expoente máximo. O café olha-me com maldade e sei que o estômago se irá contorcer. Insisto. E é neste ínterim que o mundo se torna outro, porque ao meu lado senta-se uma mulher loira, com calças de cabedal vermelho, o banco gira na minha direcção, só nós dois ao balcão.

*O seu aspecto está cada vez pior. Conheço um homeopata que o pode ajudar.*

Sei que ela está a falar comigo. Como uma personagem de banda desenhada, o olhar dela fixo na minha figura e o balão com as frases inclinado na minha direcção, à espera de resposta. Posso não dizer nada. Fingir que não ouvi ou que não falo inglês. Posso recusar delicadamente. E estou a considerar as hipóteses, com afinco e disciplina, sem pressa, quando o empregado de balcão se aproxima, como que numa dança, um passo previsto e ensaiado.

*Fez milagres comigo. Tenho hepatite. E faço uma vida normal.*

É preciso ver que não estou preparado para certas casualidades e repara, Ana Luísa, chamo-lhes casualidades porque eu podia ter ido directamente para casa, para a rede baloiçar perto da janela a ver a vida dos outros e decidi parar aqui porque me sinto cheio de comida, porque a simpatia do casal da mercearia me abalou. Seria de esperar que tudo o que disse hoje servisse pelo menos por alguns dias. Gosto de ser económico na conversa. Parece-me mais correcto, apesar de ser mais simples em inglês. E por estarmos nesse registo, a usar essa língua, que não é materna para nenhum de nós, eu arrisco-me

*São muito gentis. Estou bem. Não preciso de nada.*

*Tem pressa de morrer?*

Não, pensei. Não tenho pressa e, no entanto, falta-me agora a vontade de viver para sempre ou até sempre como sonhei em adolescente. Já te contei esse sonho? Eu estava à janela, havia um canteiro de flores e uma languidez que se desfaz com pressa, como um filme em acelerado, a correr para um desfecho. Uma coisa estranha, porque a minha figura à janela, num assombro de paz, permanece fiel aos movimentos reais. E o mundo corre, passa, veloz e desconcertado, as cores a confundirem-se, a formar linhas onde todas as coisas se desmaterializam, menos eu. Mantinha-me. Só eu na minha superioridade, na minha certeza. Sonhava tantas vezes com este momento de passagem de tempo e o meu eu eterno. Achava, arrogante, pelo tempo da adolescência, que o meu corpo permaneceria, que seria sempre o mesmo. Não, não tenho pressa de morrer. Podia ter dito. O silêncio instalou-se e não sendo desconfortável era, no mínimo, estranho. Eu em relação a eles, ela em relação a mim, ele em relação a nós. O rapaz atrás do balcão tem uma tatuagem na mão, uma lua acorrentada. É uma imagem estranha e para suspender a conversa parece-me melhor observá-la, estudá-la, querer entendê-la. Tudo menos falar. Falar não é o meu género. Falo pausadamente em português e tenho a ideia de que o faço com maior velocidade em inglês, e essa vertigem causam-me aflição porque posso não ter controlo sobre o que digo, posso expor-me, posso até dizer coisas que nem pensei.

*A morte não é importante.*

*Pois não. Mas viver pode ser.*

A rapariga das calças vermelhas não é uma rapariga. Deve ter trinta anos. Tem os olhos pintados com rímel e um traço preto. Tem um lado de diva de film noir. Reparo nisso agora que acende um cigarro de enrolar. Tira-o de uma caixa, já pronto para arder. Reparo no silêncio absoluto do café. A música parou. O rapaz do balcão sente a mesma falha e afasta-se para carregar um novo CD na aparelhagem. Pega na cigarreira de prata.

*Eu não acredito na homeopatia. Acho que não acredito.*

*Talvez não tenha chegado ao seu limite, porque quando nos aproximamos do fim, acreditamos em tudo.*

*Nunca pensei nisso assim.*

*Eu já. Penso todos os dias. Mesmo quando estou dentro da montra à espera de um homem, penso no meu fim.*

*Porque não arranja outra profissão?*

*Porque não se trata?*

Acho que é o diálogo mais intenso que tive. Porque ela não sabe quem sou, porque não sei nada dela e o imprevisto levou-nos a dizer estas coisas. Peço-lhe para dizer porque me abordou.

*Vejo-o aqui todos os dias.*

*Acho que é a primeira vez que a vejo.*

*Não é. Eu uso várias perucas.*
*Para quê?*

*Para ser uma pessoa diferente todos os dias.*

*E isso faz diferença?*

*Na verdade não, mas engana o espelho.*

*E é isso que importa? Enganar o espelho?*

*Não sei. Talvez. Porque não se trata?*

*Quem disse que não me trato?*

*A Ayo. Todos nós que o observamos.*

Sorrio. Sinto-me lisonjeado por me considerarem, por esta visão de aldeia e vigilância sobre os outros, a vida em colectivo, o «nós». Torna-me humano. Eu a observar, elas a contarem os meus gestos. Esta troca calada enche-me de calor. Afasto o meu banco e giro para o seu lado. É a primeira vez que nos encaramos.

*O que acha que devo fazer?*

*Tratar-se.*

*Não tem cura, é um cancro.*

*Nunca se sabe. Vá a este médico.*

*Onde é?*

*Perto de Beith Haim. Em Ouderkerk aan de Amstel.*

*Do cemitério judeu? Que conveniente. Pelo menos há uma ligação com Portugal. É aí que estão sepultados os judeus provenientes do meu país.*

*Não sabia.*

*Claro que não.*

*O médico é bom.*

*Acredito.*

*Vou lá consigo.*

*Não é preciso.*

*Faço questão.*

*Estou habituado a estar sozinho.*

*Também eu.*

Da janela vejo o carro dos serviços de saúde que vem trazer os preservativos e outras coisas. A rotina é a mesma. As prostitutas fazem análises de sangue, conversam com a enfermeira. Recolhem preservativos, pensos higiénicos, coisas da sua intimidade. Ali, aos olhos de todos, como fazem o resto. Espreito pela janela, em vigilância. Fumo. Sinto o frio que vem da frincha da janela. Um fio de frio. E gosto desta repetição de som, infantil, e vou repetindo baixinho

*Um fio de frio, um fio de frio, um fio de frio.*

No canal passa uma barcaça antiga, vai ligeira e com um homem a fumar sentado. Do outro lado, vejo o grupo de turistas nipónicos, os pés para dentro, as pernas arqueadas, as máquinas fotográficas, os chapéus impermeáveis. Previsíveis no exterior, na sua fachada de gente que corre o mundo, que colecciona postais. No Japão estimulam os casais a terem filhos, li num jornal no café. Precisam de crianças, de rejuvenescer. Foi Martina que trouxe o jornal e, quando lhe mostrei a notícia, riu-se.

*Vês aqui? Quando fecho a minha mão, vês três linhas? Dizem os filhos que teria. Se os tivesse tido.*

*Isso quer dizer o número de filhos? Só tenho uma linha.*

*E quantos filhos tens?*

*Um.*

*Ora aí está.*

*E os teus três filhos?*

*Três abortos.*

*Houve o referendo do aborto no meu país.*

*Referendo?*

*Sim, para a despenalização até às doze semanas.*

*Estás a gozar? Agora? Em 2007?*

*Sim. Somos lentos.*

*São estúpidos.*

*Às vezes, mas a estupidez não se mede pelos referendos. Mede-se pela abstenção.*

*Foi elevada, deduzo.*

*Foi. Eu não votei.*

*Porquê?*

*Sei lá, porque estou doente, porque não queria sair de casa, porque sou homem, porque não tenho mulher. Por egoísmo, por comodismo. Não sei. Achei que não valia a pena.*

*Isso é antidemocrático.*

*Pois.*

*És católico?*

*Não.*

*És o quê?*

*Nada. Não sou nada. E tu?*

*Sou cristã.*

*Isso somos todos.*

*Todos? Não me parece.*

*De uma certa forma, somos todos: produto de uma sociedade judaico-cristã.*

*Produto?*

*Martina, não quero discutir.*

*Porquê?*

*Dá trabalho.*

*Há coisas piores.*

Martina decidiu tomar conta dos meus dias. Depois da primeira abordagem, da primeira conversa ao balcão do café, passámos a ocupar uma mesa junto à janela. Eu pago a conta. Sempre. Não discutimos sobre isto. Está implícito. Para mim e para ela. Todos os minutos que roubo aos homens das montras são pagos com chocolate quente, tarte de maçã, sanduíches de queijo, café, um gim tónico num dia de euforia. Chega sempre vinte minutos depois de mim. É pontual. Habituei-me a isso. Dura há uma semana, mas já é um ritual. Vou para a rua com outra ansiedade. No segundo dia, a porta abriu-se e vi Martina atirar a cabeleira postiça para dentro da mala e depois sorrir-me com uma certa frieza por ter sido apanhada nesse gesto. Disse-lhe

*Desculpa, não queria ver-te, não queria apanhar-te a tirar a cabeleira postiça.*

*Querias, sim.*

*Não, foi por acaso.*

*Todos os homens gostam da transfiguração da realidade. É por isso que a prostituição é um negócio.*

Martina não fala muito da vida dela. É uma ouvinte. É imperativo satisfazê-la, encher-lhe os ouvidos, falar ininterruptamente. Gosta de ouvir. E eu conto. Da escola, da família, da serra da Estrela, de Portugal antes do 25 de Abril, do comunismo, da Ana Luísa, do Rodrigo, do medo e do cancro. Conto tudo. Martina tem-me todo nu. Talvez seja porque vou morrer, deve ser porque ela não representa qualquer ameaça: a vida dela é pior que a minha. Pelo menos na minha cabeça. Consigo imaginar tudo o que lhe aconteceu e o que a fez chegar aqui. A realidade refaz-se, é exigente e caprichosa, avassaladora. Pior que a ficção. Nada do que imaginei nos meus livros se compara com Martina. Contei-lhe tudo, mas não lhe disse que sou escritor, não lhe falei dos livros, de Carlos Vidal, do prémio. Ser famoso não ajudaria nada. Tenho vergonha de mim. Ás vezes. Penso no que sou, no que me tornei e percebo que vivi ao lado das coisas todas da vida. Por excesso de mim, por pena de ser mais do que os outros, por facilidade. Por ser mais rápido que os outros, por ser simples enumerar argumentos a favor e contra. Tu ficavas furiosa, mas era uma zanga de diversão, de admiração e eu esmerava-me. Tu dizias

*Somos contra a pena de morte porque...*

*Porque o direito à vida é inalienável. Porque está conferido na Declaração dos Direitos do Homem.*

E depois de apresentar todo um conjunto de conceitos filosóficos, citando autores, dando exemplos e expondo com precisão todos os meus ideais, tu, implacável

*Somos a favor da pena de morte porque...*

*Porque o sentido de justiça no exercício pleno da cidadania nos confere formas de punição e há crimes contra a humanidade que são condenáveis até esse nível.*

E o tempo passava. Não havia debate que eu não driblasse, como num jogo de sorte, e essa palavra – sorte – era a que me atiravas, sempre que eu vencia.

*Foi sorte. Nada mais do que isso. Podias ter má sorte, mas tu, Manel, só tens sorte de boa qualidade.*

Nunca dizias azar. Por superstição. Embora nunca o admitisses, porque o extraordinário, mesmo que enraizado em nós, mas não cientificamente explicável, não era passível de ser considerado. Por razões de pragmatismo. Eu ria-me e falava da inteligência emocional, do peso da história e do transcendente. Mas era só para te irritar.

Martina não assiste a nada disto, já não me irrito e, em inglês, sinto-me uma pessoa um pouco melhor.

Gosto dessa facilidade e transparência do inglês. E, sobretudo, não tenho dores em inglês porque não há memórias.

O rapaz atrás do balcão tem hepatite C. Não sabia o que era, tinha uma vaga ideia de estar relacionado com o fígado. Explicou-me tudo com precisão no dia em que me disse como se chamava.

*Joost.*

Houve um tempo em que se achava condenado, iria morrer como um alcoólico, com uma cirrose hepática. O vírus que se alojou no seu corpo é da família dos falvivírus, como o dengue ou a febre-amarela, e produz dez proteínas virais.

*Sabes, o mais engraçado é que algumas dessas proteínas não permitem a apoptose. Sabes o que é? É a morte programada da célula. Há mais de duzentos milhões de portadores do vírus no planeta. Somos muitos.*

Joost levou uma injecção semanal de uma coisa chamada Interferon Peguilado e mais comprimidos diários durante uma temporada, depois de ter sido diagnosticado. Leu tudo sobre a doença. Obrigou a família a fazer análises e descobriu que a mãe tinha hepatite assintomática. Morreu dois anos depois com cancro. Joost conta tudo enquanto, mecanicamente, limpa o balcão.

*Nessa altura, achei que não queria mais. Estava farto de hospitais. Li uma série de reportagens sobre transplantes de fígado e percebi que a possibilidade de viver uma vida como nos filmes era... enfim, diminuta. A minha namorada deixou-me. Perdi a bolsa de estudo na universidade. É uma história triste, a minha.*

O panorama mudou quando Martina o enfiou debaixo do braço e o levou ao médico homeopata. Joost foi ligado a uma máquina, uma corrente na cabeça, os pés descalços e vinte minutos de imobilidade.

*Só via umas linhas a subir e a descer, azuis e vermelhas.*

Deixaram-no sozinho na sala, com a máquina que desenhava os sismos da sua cabeça. Por impulso quis libertar-se. Por vergonha e exaustão deixou-se estar. A assistente veio com sorrisos dizer que estava pronto e que podia calçar-se. Joost seguiu-a até à sala do médico. Ele estava a regar as plantas.

*É um homem dos seus sessenta anos. Como tu. Parece quase um boneco. Tem um ar bondoso.*

Suspensa a medicação de compostos exclusivamente químicos, o homeopata prescreveu dois sacos de frascos e xaropes e ainda uma dieta. Várias cores, diferentes formatos, para tomar num horário disciplinado e exigente.

*É muito importante cumprir com tudo. A alimentação é fundamental. Todos os dias tomo um sumo natural de maça, cenoura e aipo. Todos os dias. O homeopata diz, e com razão, que o corpo é o nosso templo.*

Joost deu-me a morada e eu fui. Aos arredores da cidade, perto do cemitério que não cheguei a visitar. Fui às escondidas de Martina, porque era como ir às escondidas de mim. Fui para ver, como São Tomé. Na sala de espera, outra sala de espera, havia uma música suave, qualquer coisa de inspiração étnica e tive saudades de um outro tempo. Comovi-me, e estava nessa batalha com as emoções quando a assistente me ligou à tal máquina. Pensei que se fizesse força os picos subiriam e seriam azuis, mas enganei-me. Pensei que se mexesse os músculos da cara, conseguiria outros efeitos na máquina. Enganei-me outra vez. Andei às voltas com aquilo, a ver as linhas, a ouvir o barulho, sem grande espanto. Joost fizera uma boa descrição de tudo. Depois calcei os sapatos e segui a mulher até ao gabinete. O homeopata mandou-me sentar atrás de uma máquina.

*Antes de falarmos, quero ver a sua íris. Conseguimos saber muito através da íris.*

E eu, depois de ter deixado os riscos da minha cabeça, pousei então os olhos no fundo daquele instrumento. Houve um ligeiro gemido. Como um suspiro.

O médico afastou a cadeira do aparelho e olhou-me. Sério. Atento. E pela segunda vez, em pouco tempo, deixei que toda a minha história fosse ao encontro de outra pessoa. Sem medos. E então, ele disse

*É escritor, não é?*

*Sou.*

Olhou para a ficha que eu preenchera à chegada. Conferiu o nome.

*Parabéns pelo prémio.*

*Obrigado.*

*Porque é que veio para Amesterdão?*

*Para...*

*Morrer? É isso que pretende? Se continuar a tomar essas coisas é o que vai acontecer. O seu estado é muito mau. Não entendo sequer como é que consegue deslocar-se.*

*Com dificuldade.*

*Vou receitar-lhe umas coisas e quero vê-lo duas vezes por semana. Vou a sua casa. Quero os seus esforços limitados ao mí-*

*nimo imprescindível.*

*Mas...*

*Sem adversativas, sem condições.*

*Quanto tempo tenho?*

*Quanto tempo lhe deram?*

*Seis meses.*

*Quanto tempo já passou?*

*Quatro meses.*

*Tem as suas coisas em ordem?*

*Como assim?*

*Tem coisas por resolver?*

*Não.*

*Então, nesse caso, vamos concentrar-nos neste tratamento, sim? E depois logo se vê.*

*Logo se vê...*

Nessa noite alinhei os medicamentos do homeopata em cima da bancada da cozinha.

*Similia Smilibus Curentur.*

O pensamento mágico: o semelhante cura o semelhante. Deixei uma lista de compras a Ayo, três páginas de frutas, legumes e outras coisas que passariam a ser a minha dieta. Deitei-me, exausto, na rede. Martina, lá em baixo, na sua montra, mostra um cinto de ligas novo. Sei que se pavoneia para mim, mexendo o corpo para os dois lados agora que sabe que estou aqui a velar por ela, o meu corpo a baloiçar na rede, agora vejo-te, agora não, agora vejo-te, agora não. É o melhor lugar do mundo.

A noite não cai por completo nesta rua. Há movimento permanente, luzes e néons, homens que tropeçam, mulheres que espreitam e eu, como um vigilante dos costumes, um garante do Red Light District. Melhor do que Chet Baker, parece-me. É certo que não toco, nem canto. É certo que não me atrevo à escrita. Encaro a minha mão como um personagem alheio a mim, como uma identidade extra, estrangeira. Pergunto-lhe se me quer, o que quer, se quer. E ela nada. Considero esse silêncio um prenúncio de morte. Nunca estive tanto tempo sem escrever, pois não? Tu dirias, com ironia, que estou ocupado. Tenho uma vida. Vou ao café, falo com Joost e Martina, recebo o médico, controlo os clientes das meninas, os habituais, os novos, classifico-os, vejo o carro dos preservativos, a quantidade de vezes que toca o telemóvel do porteiro da sex shop em frente. Admiro Ayo a limpar a casa, a cortar cenouras, a cantarolar. Estou ocupado. Por fim.

Encontro nos gestos pequenos dos outros um qualquer sentido para o que ficou de mim. Preenchem-me os dias. São os meus personagens novos. E há nisso o improviso da vida que não me obriga a imaginar. Imaginar é cansativo. Martina disse-o bem no outro dia

*A mentira é uma forma de imaginarmos que podíamos ser diferentes, melhores, mais interessantes.*

Fora do contexto, a frase desgarrada fez sentido e eu não argumentei. Gosto de a ouvir dizer estas coisas sem medo. Gosto da ideia que o banal não a fere na sua percepção da realidade. Ela não tem medo de nada. É perfeita na sua arrogância e frieza. É maravilhosa no seu pragmatismo. Lê coisas estranhas sobre auto-ajuda e religião. Livros com capas coloridas e imagens duvidosas. Noutra vida nunca a consideraria, Ana Luísa. Sempre fui *snob*. Eu sei. Martina desafia isso. Talvez por ser bonita, por haver uma exposição gratuita e permanente do seu corpo. Vejo-o na montra à espera dos homens e consigo sentir todos os toques. A cortina fecha-se, ela deita-se na penumbra, dá um preservativo ao cliente e diz

*Não beijo.*

Não sei porque é que acredito nisto, Ana Luísa. Ela talvez os beije. Prefiro pensar que não, mas talvez sim. Joost fala em paixão. É jovem. Não percebe que a paixão é incompreensível para alguém como eu. Convidou-me para ir ouvir o *Requiem* de Brahms. Tem uns amigos que fazem parte do coro. E eu fui, enregelado, para a igreja protestante do bairro. A orquestra era de qualidade duvidosa, o tempo de execução estava completamente errado, mas a música, a extraordinária qualidade da música, ficou-me na pele. No último *Gloria*, o coro esforçou-se para cumprir o propósito. Senti lágrimas genuínas no rosto. Joost deu-me um lenço de papel. Não agradeci.

Quando a missa terminou, o último acorde, levantei-me apressado. No caminho para casa vomitei. Uma mulher tipicamente holandesa vinha na minha direcção. Pareceu-me, por momentos, a rainha. A rainha que tem esse corpo, esse estatuto de força.

*Uma mulher que consegue tirar uma vaca do canal.*

Foi a definição de Joost da sua rainha. Impossível de esquecer. A mulher na rua, ao passar por mim, ignorou o meu mal-estar. Isso eu agradeci.

Bebo uma Spa Barisart com gás. Não me sinto bem. Joost pergunta-me se já experimentei erva.

*A erva desliga as ligações entre os axiónios que são as estra-*

*das entre os neurónios. É como estar uma auto-estrada conges-*
*tionada. Tudo é mais lento. A erva compra-te tempo, puxa o tra-*
*vão de mão do corpo. Não pensas em nada.*

*Já experimentei há muitos anos. Não tenho memória con-*
*creta sobre isso.*

*Devias experimentar. Eu vou contigo.*

*Parece-me que quer ir comigo a todo o lado. Martina pediu-*
*-me ontem para não dizer nada sobre a nossa visita ao Rijks-*
*museum.*

*Fica só entre nós.*

*Joost não pode saber?*

*Nunca vim cá com ele.*

Atravessámos o museu sem pressa. Martina reteve-
-se aqui ou ali. As mãos atrás das costas, numa pose
quase militar. Americanos estridentes apontavam os
dedos que adivinhei gordurosos. Os americanos bri-
lham de suor, Ana Luísa. É um dos brilhos que têm.
Pensei n'*A Ronda da Noite*, no jogo de luz e vi à minha
frente Agustina Bessa-Luís, aquele sorriso matreiro, o
xaile nas costas. A magnitude daquela pequena mulher, o seu gigantismo. Nunca fomos amigos.

*Tenho medo de uma mulher que colocou um anúncio no jornal para arranjar marido.*

Foi a explicação que te dei, Ana Luísa. Lembro-me agora. Martina diz que não entende como Rembrandt pintou uma tela tão grande. Não lhe digo que *A Ronda da Noite* foi cortada de alto a baixo pelo gume de uma navalha. Acho que a surpreenderia. Duvidaria do poder da restauração e não se faz isso a uma mulher como Martina. E, por instantes, receio a veracidade da história. Talvez não tenha sido este quadro a sofrer a frieza do gume. Talvez tenha sido outro. Acontece-me agora, sabes, confundir coisas. Coisas que já não interessam muito se as sei ou soube na sua totalidade.

Disse-lhe que preferia *A Anatomia do Dr. Deijman*, que está, penso, no museu histórico de Amesterdão.

*Não sei qual é.*

*É uma autópsia a um cadáver, uma aula de anatomia.*

*Parece mórbido.*

*É arte.*

Segui-a com a maior lentidão. Gosto de a ver desaparecer e aparecer. Gosto da luz do museu no rosto dela. Percebo quando gosta de um quadro e quando lhe é indiferente. Fixa-se no perfil de Catrina Hoogsaet.

*Rembrandt pintou-a quando ambos tinham cinquenta anos, em mil seiscentos e cinquenta e sete. Um ano antes o pintor tinha declarado falência e fechara o seu atelier. Catrina casa aos dezanove anos para ficar viúva um ano depois. Aos trinta volta a casar, mas os conflitos com o marido são indescritíveis. Decide pedir autorização à Igreja para se separar. A Igreja concorda temporariamente, promovendo a reconciliação. Catrina monta a sua casa, é banida da comunidade, e, até à morte do marido, mantém-se firme: nada de reconciliações. Aos sessenta e seis anos fica viúva e volta a casar.*

*E foi feliz?*

*Gosto de pensar que sim.*

*Não sabia que gostavas assim tanto de pintura, Martina.*

*Não gosto. Gosto desta história. É como a minha.*

E ficámos assim. Em silêncio, a espreitar a altivez de Catrina, quadro que pertence a uma família escocesa, jóia de uma colecção privada. Está no Rijksmuseum por empréstimo. Martina agarrou-me o braço e saímos assim, enlaçados um no outro, num gesto antigo. Não houve nada de sexual no nosso toque, porém senti um prazer quase vertiginoso. Percebi que eu fazia sentido.

Talvez Martina tenha apreendido algo de similar, talvez por isso não queira partilhar o nosso passeio com Joost.

Ontem fui sozinho ao Rijksmuseum novamente. Foi procurar-me em frente a Catrina. Quando saí, chovia demasiado. Abriguei-me na loja exterior ao museu, canetas, copos, t-shirts, calendários, e outras coisas. Junto aos guarda-chuvas, que ponderei comprar, estava um cartão alto com uma casa de bonecas do século XVII. Um cartão tridimensional, uma brincadeira de criança. Por impulso comprei-a juntamente com um postal do quadro de Rembrandt, *Jeremias lamentando a destruição de Jerusalém*. Achei-me parecido com Jeremias. Não sei porquê.

Em casa apeteceu-me fado. Paulo de Carvalho e Alexandre O'Neill, uma soma perfeita

*Se uma gaivota viesse*
*Trazer-me o céu de Lisboa*
*No desenho que fizesse.*

As montras vermelhas na rua estão quase todas cerradas com as cortinas. Há movimento. Não vejo Martina, nem Olga, nem Svetlana, nem Anya.

*Se um português marinheiro*
*Dos sete mares andarilho*
*Fosse, quem sabe, o primeiro.*

Começo a desembrulhar a casa de bonecas, um plástico transparente, demasiado rígido, que se faz difícil nas minhas mãos. Tenho a pele seca. As unhas a desfazerem-se. Admiro-me com o meu corpo. Como se não me pertencesse, como se não fosse eu. Desisto de lutar com o plástico e levanto-me para buscar uma faca. A montra de Martina já está aberta.

*Meu amor, na tua mão*
*Nessa mão onde cabia*
*Perfeito o meu coração.*

Começo a montar a casa. Abrir janelas de papel, pequeninas. O desenho perfeito de uma casa tipicamente holandesa. Uma casa quase como a minha, como esta onde agora estou. Quando termino tenho uma satisfação jovial. Olho a casa por todos os ângulos e quero gritar pela janela

*Martina, construí-te uma casa.*

Tenho o pudor e o bom senso de não o fazer. A casa precisa de um suporte. Joost pode-me ajudar. É preciso encontrar alguém que faça em acrílico uma caixa protectora para que esta casa seja um Olimpo, segura e bela, para sempre. Um sítio para fugir, um chão que se conhece com a palma dos pés, ruídos e cheiros, paredes que nos agarram à vida, janelas que ignoramos nos momentos de perigo. Tu sabes, Ana Luísa. Uma casa como a casa da tua mãe. Ainda me lembro. O teu corpo esticado nas escadas num gesto que me pareceu desconhecido. Deitada sobre os degraus, a tentar agarrar a casa.

*Ana Luísa...*

*Deixa-me, deixa-me.*

Cada centímetro quadrado daquela casa estava impresso em ti, na tua memória. O armário da loiça da avó, desenhos azuis, porcelana branca. Um pequeno armário, outro, castanho-escuro, com uma vitrina e os copos vermelhos. A estante dos livros interminável. O sofá de pele clássico. A mesa e os bancos corridos. Um conjunto de galos de madeira a espreitar o fogão. Um quadro de ardósia para escrever as faltas. Os tachos pendurados numa tábua, um presépio em miniatura. Estavas em todas as coisas da casa e, quando a tua mãe morreu, só te restava essa despedida dorida, tu deitada nas escadas e eu a ver. Se fosse Deus teria proibido a venda da casa. A morte da tua mãe, a minha impotência. Nunca entendi como podias concentrar toda a tua essência nas paredes que se desfaziam em salitre. Agora vejo daqui, deste canto improvável onde me vou entendendo, como essa pertença pode ser a diferença entre estar vivo ou morto. A casa de Martina tem tudo. Mesmo sendo de papel.

O médico vem sempre tarde. Sempre. Parece extenuado quando chega. Pior do que eu. Digo-lho.

*Os dias são cansativos.*

*E as noites?*

*As noites também. Tenho um cão a morrer há dois meses.*

*Com quê?*

*Cancro.*

Não quis saber mais. O médico faz perguntas com vagar. Chegamos a estar duas horas. Quer descrições precisas sobre cansaço, sobre as minhas necessidades fisiológicas, sobre dores, sobre a cor da pele. Eu obedeço como uma criança de escola. Tomo as bolinhas sem cor de duas em duas horas, gotas em litros de água, xaropes verdes e ampolas amargas. A fitoterapia em seu esplendor na bancada da minha cozinha. Fala-me de alimentos com uma ternura que comove. Alho francês e beterraba. Kiwis e cenouras. Enumera as propriedades com afinco como se fossem virtudes. Não tenho como o contrariar. Fascina-me o modo como agarra nas mãos enquanto fala. Como se se estivesse a controlar. Podia, de repente, desatar a cantar. Tem algo de lírico. Penso em Figaro porque gosto da figura, não nas *Bodas*, mas n'*O Barbeiro de Sevilha*. Irritava-te isto, Ana Luísa. O ter informação a mais torna-se desconcertante para o comum dos mortais. *Figaro* é Mozart, nunca Rossini. Saber outra coisa é de uma arrogância sem fim. Era o que dizias. E eu ouvia e repetia o erro de ser snob as vezes que fossem, porque não há noção de erro na convicção da esperteza. O meu médico agarra nas mãos e não sai cantando como um barítono, mas imagino que sim, e há nisso um lado cómico que vai crescendo com o tempo. Gosto dele e não me acontece gostar tão facilmente das pessoas que sabem mais do que eu.

Temos um acordo: não dizer a palavra cancro. É um desvario, um acidente, um lapso do corpo. O médico acredita na recuperação através da Natureza, na teoria do determinismo, no ying e yang.

*Estas coisas não acontecem por acaso. Nada acontece.*

*Isso quer dizer o quê? Que tenho isto porque era necessário?*

*Talvez.*

*Isso não faz sentido.*

*Não? Eu acho que faz. Pense bem: a sua vida é igual à que seria se não tivesse isto? A sua relação com as coisas, com as pessoas, mudou? E se sim? Para melhor? Para pior? Talvez isto tenha acontecido porque você precisasse de ser outra pessoa ou, no limite, encontrar a pessoa que estava destinada a ser.*

*Na infância?*

*Quando nasceu. Acredito que trazemos já inscrita a nossa história. A vida pode mudar-nos e trocar-nos as voltas e, de repente, não somos quem estávamos destinados a ser.*

*Isso acontece com tudo.*

*Sim, de certa forma. Não quer dizer que não possamos recuar a uma essência, ao melhor de nós.*

*Porque acredita na bondade, não é? Talvez ser médico seja isso mesmo.*

*Não sou médico por causa dessa crença. Fiz Medicina na universidade, fiz estágio e trabalhei em hospitais públicos. Percebi que a mente pode muito e que há coisas que estão definidas, muito antes de nós decidirmos.*

*Foi por isso que foi para a China?*

*Fui aprender. Os chineses têm uma medicina milenar que assenta em princípios que me fazem mais sentido. Prende-se com os meridianos de energia de cada indivíduo, por exemplo.*

*Sim, mas também se morre na China.*

*Morre-se sim, Manuel. Sempre. A questão é saber quando é que está determinado que vamos morrer.*

Da última vez deixou-me um livro com pensamentos soltos de Santo Agostinho. Percebi que me podia ter oferecido outra coisa, mas que andara à procura de algo especificamente só meu. Ele tem esse cuidado. Santo Agostinho escreveu

*A esperança tem duas filhas lindas: a indignação e a coragem. A indignação ensina-nos a não aceitar as coisas como estão; a coragem, a mudá-las.*

No café temos uma juke box e Charles Aznavour canta muitas vezes *Formidable*. Joost gosta de o imitar e aprecio esse gosto por uma geração de cantores que não é a dele. Rodrigo nem deve saber quem é o Aznavour. Há horas de sabedoria. Joost foi educado dentro da música francófona. Falei-lhe dos livros de Eric Orsenna e ele correu a comprá-los. Lentamente, dispomo-nos a esta troca. É um homem algo nervoso, feminino. E não digo isso por ter suspeitado da sua homossexualidade. Sente-se um pudor de mulher na forma como fala, nos gestos cuidados, na roupa impecável, sem vincos, sem nódoas. Martina garante que Joost não é gay. Fuma charros em demasia.

*Não deve ser capaz de uma erecção. Digo eu.*

Por isso foi com surpresa que me vi a caminho do clube de tiro. Joost vem cá todas as terças à noite e, se não estiver ao balcão, aos domingos à tarde. Leva-me pelas ruas sem conversar. Entro sem saber ao que vou. Parece um café forrado a madeira, outro brown café. Um homem grande sorri, cumprimenta Joost com uma alegria estranha, que me parece estranha. Como se derramasse no balcão uma felicidade para consumo externo. Para ver se estamos à altura. O homem fala alto, um periquito emproado a cantarolar numa moldura de armas. À cintura tem uma pata de cão que considero curiosa.

*É impressionante, não é? A pata esquerda de um cão de corrida. Diz que é um amuleto.*

*Para quê?*

*Para sorte.*

O homem da pata da sorte tira uma nove milímetros automática.

*Só usamos as nove milímetros até às nove da noite, depois são muito ruidosas e os vizinhos não gostam. Há famílias a viver no andar de cima.*

A caixa com cinquenta balas surpreende-me no seu brilho. O homem debita o preçário do clube, ordenado, calmo e sorridente, como se ser sócio por duzentos euros por ano fosse algo de grandioso. Joost paga os cinco euros dos sócios com moedas, parecendo pouco dinheiro assim, o metal a chocalhar. Lembro-me, de repente, dos escudos.

A minha moeda preferida era a de cinquenta escudos, já uma modernice, mas era a única que não cabia nas caixas pretas de plástico de Ana Luísa.

Ainda as vejo. Era uma colecção enorme. Caixas pretas de rolos fotográficos que ela alinhava no quarto de banho, ao fundo da prateleira, como uma guarda privada dos seus cosméticos. Caixas pretas cheias de moedas. As de cinquenta escudos irritavam-na por não caberem, por serem inconvenientes. Perguntava-me

*Não é um disparate gastarem mais liga para fazer uma moeda maior? Maior para quê?*

E agora, no balcão, entre os criminosos, os antigos

polícias, os seguranças e os curiosos, tenho pena de não ter trazido as caixas com as moedas. Sinto-lhes a falta. Como uma criança sente a falta da mãe.

Joost ri-se alto. Percebo como é maravilhoso estar totalmente afastado da realidade. Não compreendo as conversas à minha volta. O homem do bar faz-me um sinal com a cabeça, incitando-me a disparar. Agarro a trinta e oito com displicência e surpreende-me o peso, o volume na minha mão. Vejo o rosto de Ana Luísa e depois o de Martina. A arma faz o que tem que fazer. Sinto que a minha vida se foi naquela bala contra uma parede estranha, uma silhueta ameaçadora desenhada a preto e vermelho. Joost surge com uma cerveja.

*É muito masculino isto. Muito viril.*

Tenho de dizer a Martina que, afinal, ele é homossexual.

Hoje decidi que o dia seria um pouco diferente. Arrastei com enorme dificuldade a mesa para junto da janela, a madeira a ranger, um ruído irritante. Vejo daqui a cortina fechada de Martina. O cliente entrou há dez minutos. Não deve ser um *stuck and fuck* de cinquenta ou setenta e cinco euros, deve ser uma coisa mais demorada. Quando é para fazer tão pouco dinheiro, Martina despacha-os, não se demora, não me deixa aqui sozinho. Comprei lápis novos, amarelos, com a ponta de borracha branca, uma resma de papel de fotocópias. Ayo trouxe flores de manhã, há um cheiro a frésias que se cola ao meu nariz. Afasto a jarra para o fundo da mesa. Ana Luísa, vê bem como me preparo, admira o rigor. O meu reflexo no espelho diz-me que o futuro é quase transparente. Hoje vou recomeçar a escrever. A minha história é uma mistura de mim, de ti, de Martina e de Catrina. Imagino que Agustina me enviará um postal a fazer um aceno de compreensão. Já não tenho medo dela. Nem de ninguém. O meu reflexo no vidro confunde-se com tudo o que sei. «O mundo é um livro, e quem fica sentado em casa lê somente uma página.» Santo Agostinho não tinha uma vista como a minha. Hoje vou escrever para ti, Ana Luísa. E para ti, Rodrigo. Onde quer que estejas.

Passaram-se oito meses.
Não vou mudar muito mais.
Esqueçam-se de mim.

## Depois do fim

Tenho de agradecer aos suspeitos do costume pela amizade, crítica e alento constante: António Mega Ferreira, Cecília Andrade, Eduardo Coelho, Inês Pedrosa, José Eduardo Agualusa e José Manuel Mendes. Agradeço também aos meus pais, ao meu irmão, ao Francisco, ao Cláudio, à Fi, à Fonseca, à Pampis, à Ripus, à Pipa, à Ju, à Meg, à Ana, ao Paulinho, ao Nuno, ao Rodrigo, ao Vasco.

O Ricardo Adolfo foi o anfitrião perfeito em Amesterdão. A sua ajuda foi preciosa. Em Israel, Nathan e Raya Cohen foram incansáveis e a sua amizade permitiu-me conhecer melhor a realidade israelo-árabe.

Tenho de agradecer ao meu marido e aos meus filhos que me aturam e me tratam bem.